愛は味噌汁

食堂のおばちゃん❸

山口恵以子

ハルキ文庫

角川春樹事務所

目次

本書は「ランティエ」二〇一七年八月号から十二月号に、連載された作品です。

愛は味噌汁

食堂のおばちゃん3

第一話　歌と麻婆ナス

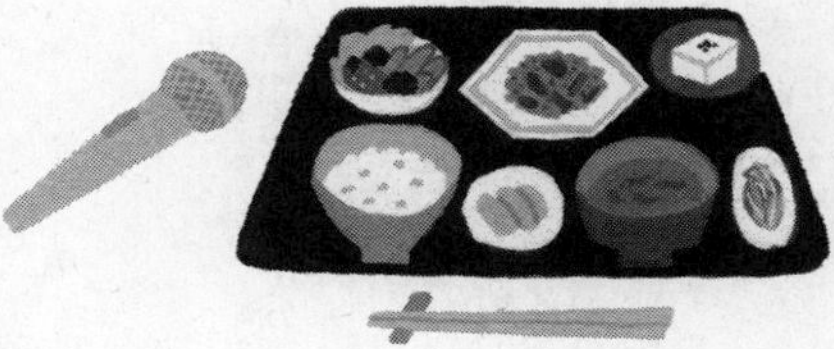

タイマーが鳴った。午前十一時ジャスト。ガス釜《がま》に点火してからきっちり三十分。蒸らしも十分な頃合《ころあ》いだ。

赤目万里《あかめばんり》はキャスター付きの台を引き出し、タオルで取っ手をつかみ、五升炊きの釜を調理台の上に載せた。蓋《ふた》を取るとモワッと白い湯気が立ち上り、真珠色《しんじゆいろ》に輝くご飯の大地が現れる。

蒸し暑い夏の昼でも、この湯気を顔に浴びると、万里は妙に幸せな気分になる。炊きたてのご飯の甘さと旨《うま》さが、口の中にほんのり甦《よみがえ》ってくるのだ。

「万里君、ありがとう」

そこで選手交代。釜の前に立つのは一二三《にのまえふみ》。このはじめ食堂を切り盛りするおばちゃんの一人である。両手に持った大きな木のしゃもじで、ご飯を釜から保温ジャーに移してゆく。右ですくい、左は脇《わき》に添える。こうしないと途中でご飯が崩れたりして効率が悪い。もう十年以上続けているので、ご飯の移し方も堂に入っている。

もう一人のおばちゃん、一子《いちこ》は味噌汁《みそしる》の味加減を見終わったところだ。二三には姑《しゅうとめ》に当たり、八十をとっくに過ぎているが今も現役で、揚げ物は自ら担当する。ついでに言うと、かつて〝佃島《つくだじま》の岸恵子《きしけいこ》〟と謳《うた》われた美貌《びぼう》も健在だ。

万里はアルバイトに雇ったニート青年だが、働き始めて約二年、すっかりこの仕事にやり甲斐《がい》を見いだしたようで、今や欠かせぬ戦力に成長した。

今日のはじめ食堂の昼定食は、セットメニューがご飯・味噌汁（もずく）・漬け物（瓜《うり》の印籠漬《いんろうづ》け）・サラダ（レタス・キュウリ・トマト・ブロッコリー）・小鉢二品（冷や奴《ひやつこ》＆インゲンと茹《ゆ》で卵《たまご》の味噌マヨネーズ和《あ》え）。メインが焼き魚（赤魚粕漬《かすづ》け）・煮魚（カジキマグロ）・日替わり（メンチカツｏｒゴーヤチャンプルー）・定番のトンカツ・海老《えび》フライ。他の定食はすべて七百円だが、海老フライだけは千円。その代わり特大サイズの海老三尾に、自家製タルタルソース（美味！）がサービスされる。

小鉢の味噌マヨネーズ和えと日替わりのゴーヤチャンプルーは万里の発案で取り入れた新メニューで、一子と二三だけの時代にはなかった。その他にも万里のお陰で新メニューが次々加わり、はじめ食堂のバラエティーはいっそう豊かになった。

「はい、おしのぎ」

二三はしゃもじにおにぎりを載せ、万里に差し出した。釜の底に残ったご飯に塩と煎《い》りゴマをまぶし、手早く握ったおにぎりは、炊きたてなので まことに美味《うま》い。しかもガス釜だからちょっぴりお焦げが混じっている。昼食までのつなぎに食べるこのおにぎりは、毎日同じ味なのに、少しも飽きることがない。

「日本人のソウルフードって感じだよね」

二つ目のおにぎりを頬張《ほおば》りながら、万里は二三と一子に言った。二人は大きく頷《うなず》いて、指に付いたごはん粒を舐《な》め取《と》った。

開店時間の十一時三十分に近づいてきた。

万里は店の表に暖簾《のれん》を掛け、立て看板を出した。二三と一子はカウンターの中に入ってスタンバイしている。

待ちかねたようにお客さんが入ってきた。OL二人連れとサラリーマン三人組。週に何度も来てくれるご常連だ。

「いらっしゃいませ!」

カウンターの内と外で、三人は威勢良く声を張った。


時刻はそろそろ一時を回ろうとしていた。波が引くように、はじめ食堂に詰めかけたお客さんたちは席を立ち、職場へと戻って行く。今日の客席は二回転半くらいしただろうか。成績は悪くない。

「ゴーヤチャンプルー、意外と出たね」

カウンターの隅の丸椅子《まるいす》に腰掛けた一子が、流し台で洗い物を片付けている万里に優しい目を向けた。

「でしょ？　女の人には絶対受けると思ったんだ」

万里は大袈裟《おおげさ》に「どや顔」をしてみせた。七食用意したうち、六食注文が入った。

「考えてみれば、今やスーパーでもコンビニでも置いてるのよね」

二三は万里と並んで流し台に立ち、食器の洗剤を洗い流して水切りカゴに上げた。

「十年前は苦瓜《にがうり》の料理なんて考えてもみなかったけど、すっかり家庭料理に定着したみたいねえ」

一子は感慨深そうに呟《つぶや》いた。

「洋食だって、もう完全に日本食だし」

ゴーヤチャンプルーは今日初お目見得だ。ゴーヤを縦半分に割って種を取り、五ミリ程度の厚さに切って、塩入りの熱湯でほんの少し湯がく。苦みを抜くためだが、かといって苦みを抜きすぎてはゴーヤの良さがなくなる。ほのかな苦みとシャキシャキした食感を残すのがミソだ。後は豚コマ、水切りした木綿豆腐と一緒に炒《いた》め、塩・胡椒《こしょう》・醤油《しょうゆ》で味をつけ、最後に溶き卵で綴《と》じる。味付けには砂糖も加えるがほんの少しで、醤油の酸っぱみを消す程度。万里の好みで、甘辛くはしていない。上に花カツオを散らして出来上がり。

一時を数分過ぎた頃、三原茂之《みはらしげゆき》と野田梓《のだあずさ》が入ってきた。三原は十年来、梓は三十年来の常連で、いつも店の空《す》く今頃の時間にやって来る。

「ゴーヤチャンプルー?」

二人はそれぞれ別に席に着いたが、壁の品書きに目を遣《や》ると、ほとんど同時に呟いた。

「今日お初の新メニューです」

「だよね。見たことないもん」

梓は布製バッグから文庫本を取り出し、二三の方を振り向いた。

「う~ん、赤魚の粕漬けにしようと思ったんだが、新メニューと言われると気になるなあ」

三原は品書きを見ながら腕を組んだ。

「あたしも」

万里がチラリと二三を見た。残りは一人前しかない。

「お二方には小鉢でサービスしますから、忌憚《きたん》のないご意見をお聞かせ下さい。これから定番メニューに加えて大丈夫かどうか」

二三はすかさず申し出た。今、客は二人しかいないので、特別サービスOKだ。三原には以前トラブルを解決してもらったことがあり、梓は二三の古い友人でもある。

「あらあ、嬉《うれ》しい」

「光栄だね」

三原は赤魚の粕漬け焼き、梓はカジキマグロの煮付けを注文した。サービス小鉢のゴーヤチャンプルーに箸《はし》を伸ばし、一口味わって、梓は親指を立てた。

「いける。ほんのり苦みが残ってるとこが好き。ヘルシーだし、女性は好きだと思うよ」

三原はじっと小鉢を眺めてから箸をつけた。

「如何《いかが》です？」

「う〜ん」

三原は少し困ったような顔をした。

「実は、ゴーヤチャンプルーを食べたのは生まれて初めてで」

「ええっ？」

二三も一子も万里も、梓までユニゾンで驚きの声を上げた。

「いやあ、縁がなくてねえ。家内のレパートリーにはなかったし、外で食べたこともないし、朝と夜は簡単だし」

三原は七十代である。現役時代「ゴーヤチャンプルー」はまだ一般的ではなく、行きつけの店のメニューにもなかった。引退して奥さんが亡くなってからは、はじめ食堂で食べる昼食がメインで、朝はコーヒーと果物、夜は麺類《めんるい》が多いと言っていた。ゴーヤに巡り会う機会を逸したらしい。

「男の人って食べ物に保守的だから、冒険しないものね」

梓が物分かり良く頷いた。すっぴんに黒縁眼鏡《くろぶちめがね》、サンダル履きと、休日の中年女教師のように見えるが、実は銀座の老舗《しにせ》クラブでチーママを務めている。中高年男性の好みには詳しいのだ。

「新メニューに挑戦した万里君は、偉いわね」

一子が褒めると、万里は嬉しそうに目尻《めじり》を下げた。

一子に言わせると「嫁も孫もアルバイトも、褒めて育てるのがモットー」だそうだが、幾つものバイトを渡り歩いて腰の落ち着かなかった万里が、もう二年近くはじめ食堂で真面目《まじめ》に働き続けているのは、一子の「褒め育て」が上手《うま》くいっている証拠かも知れない。

「まあ、様子見ながら、月一くらいで出してみよう」

二三が万里と一子に言ったとき、ガラス戸が開いた。

「こんにちは」

暖簾をくぐって女性客が入ってきた。

「いいですか?」

「どうぞ、お好きな席に」

客は店内を見回し、隅のテーブル席に座った。三十代前半か、あるいは半ばかも知れない。Tシャツにジーンズ、デニムのエプロンを掛けている。胸当て部分に「TAKARA」という文字が黄色で染め抜かれている。

ああ、タカラクリーニングの人か……と二三が見極めたタイミングで、梓が声をかけた。

「こんにちは。昨日はどうも」

客が驚いて立ち上がった。

「ああ、どうも。こちらこそありがとうございました」

梓は商売用の服を何着も持っているので、クリーニング店のお得意様である。

「ホントに来てくれたんだ」

「はい。お話聞いて、すごく美味《おい》しそうだったんで」

梓が二三と客を交互に見て、笑顔を浮かべた。

「タカラクリーニングの店員さん。新しく入った人。昨日、店に行ったとき、近所に美味しい店ないかしらって聞かれて、迷わずお宅を教えちゃった」

タカラクリーニングは四十年以上前に月島《つきしま》に出来た店で、その後佃・住吉《すみよし》・西大島《にしおおじま》にも支店が出来た。佃店は大通りの先にあるので、二三も時々利用している。

「浜崎《はまさき》と言います。先月こちらに引っ越してきたばかりで、近所のこと全然分らないもので」

「それはまあ、わざわざありがとう存じます」

麦茶とおしぼりを出し、二三と一子は揃《そろ》って頭を下げた。

「一時を過ぎると、いつもこんな感じなんです。お気に召したら、また是非いらして下さい」

「はい。それはもう」

浜崎と名乗った客は煮魚定食を注文した。化粧っ気はないが髪は丹念にブローされている。丸顔で目がパッチリ大きい以外は特徴のない顔立ちだが、どことなく華やいだ雰囲気があった。

「これ、名刺代わりに、サービスです」

二三は浜崎にもゴーヤチャンプルーの小鉢を出した。

「わあ、ありがとうございます。ゴーヤって、胃腸に良いんですよね」

浜崎は嬉しそうに言って、小鉢の三つ付いた煮魚定食をペロリと完食した。


「おじさん、ゴーヤチャンプルー食べない？　卵だよ」

その晩、山手《やまて》政夫《まさお》がカウンターに座るやいなや、万里が勧めた。山手は魚屋の主人だが、実は卵が一番好きなのだ。

「ゴーヤって、苦瓜だろ？　良いよ。俺、苦いもんは苦手なんだ」

最前からカウンターで冷酒をちびちび飲んでいた辰浪康平《たつなみこうへい》が、にやっと笑った。康平も万里に勧められて断ったクチである。

「おじさん、断って正解。ゴーヤチャンプルーって、主役は卵じゃないから」

「まったく、男って冒険心ないよなあ。昼間のＯＬさんたちには大人気だったのに」

万里はぼやきながら山手と連れの後藤輝明《ごとうてるあき》にお通しを出した。今日のお通しは「トマトとナスの冷え冷え煮」。その名の通り、トマトとナスを薄口醤油で煮て、冷やした煮物だ。風味付けに干しエビとゴマ油を入れてある。暑い季節にはなかなかいける。

「生ビール。後はお任せで」

後藤は例によって品書きも見ずに注文した。「食べ物は何でも良いが素早く出てこないと嫌」という客で、山手とは小中学校の同級生だった。

「はい、お待ち」

万里が二人の前に生ビールのジョッキを置くのと同時に、二三と一子は料理を出した。冬瓜《とうがん》と茗荷《みょうが》と干《ほ》し椎茸《しいたけ》のゼリー寄せ、ポテトサラダ、白滝とタラコの煎り煮、冷や奴。今日は冷え冷え煮に干しエビとゴマ油を使っているので、中華風ではなく小ネギと生姜《しょうが》が薬味の、普通の冷や奴だ。

「そうだ、万里。またいつかのあれ作ってくれよ」

「へい、喜んで」

山手の言う「あれ」とは万里の新作卵料理で、タマネギスライスをよく炒め、粉チーズをたっぷり振った溶き卵に入れ、バターで焼いたオムレツだ。タマネギの甘さとトロリとした食感が半熟の卵と良く合って、そこに粉チーズとバターが濃厚な味をプラスする。万里はこの料理に「フランス風オムレツ」と名をつけた。

「せっかくだから今度、中華風と和風にも挑戦しようと思ってんだ」

万里はタマネギを剝《む》き、スライスした。慣《な》れたもので、軽快な包丁さばきだ。

「そりゃ良いな。試食第一号は俺にしてくれ」

「万里、ついでにこっちもフランス風」

康平が声をかけた。

「それから、おばちゃん、冷酒」

「今度は何にする?」

「そうだなあ……宝剣《ほうけん》」

康平は辰浪酒店の若主人で、全国各地を回って好みの酒に出会うと、はじめ食堂に勧めて置かせるのは、自分が吞《の》みたいからである。最近は若い蔵元杜氏《とうじ》の作る酒に入れ込んでいて、はじめ食堂の日本酒ラインナップも貴《たか》・仙禽《せんきん》・七本鎗《しちほんやり》・一白水成《いっぱくすいせい》など、専門店に近づいている。

「こんばんは」

四人目のお客は料理研究家の菊川瑠美《きくかわるみ》だ。佃のタワーマンションに越してきたニューカマーで、主宰する料理教室は希望者が殺到して一年待ちの人気だが、本人は「職業柄、いつも新しいレシピを開発しなくちゃいけないので、こういうまっとうな家庭料理に飢えてるの」と、三年前に初めて店を訪れて以来、週一度は顔を見せる。マスコミには赤い縁の眼鏡を掛けて登場するので、眼鏡を取ると本人とはバレないという。

「ええと、生ビール。それとポテサラ」

「先生、ゴーヤチャンプルー如何ですか？」

おしぼりを出しながら二三が尋ねると、瑠美は目を輝かせた。

「あらあ、良いわね。ゴーヤ、食べたかったのよ。夏はあの苦みが爽《さわ》やかで……」

「ほら。分る人は分ってんだって」

万里は鼻をうごめかせ、康平と山手を見下ろした。

「そうだわ、康ちゃん、ご飯どうする？」

一子が尋ねた。康平は締めには必ずご飯ものを注文するのだ。

「当然、冷や汁」

今日の日替わりご飯である。ちなみに他の日替わりはオムライス・深川めし・バラちらし・チャーハン・焼きおにぎりなどだが、冷や汁だけは夏季限定だ。

「ご飯と素麵《そうめん》、どっちで食べたい？」

康平は一瞬考え込んだ。山手と後藤、瑠美まで釣られて腕組みした。

「俺、たまには素麵」

「私も素麵で」

「俺も」

「俺、ご飯。茹でる時間がじれったい」

後藤以外はみな素麺を選択した。

「あっ！」

突然瑠美が叫んだ。すでに腰を浮かせている。

「先生、どうなさいました？」

「忘れてた！　ちょっと待ってて。すぐ戻ってくるから」

言うが早いか、瑠美は表に飛び出した。

「どうしちゃったの？」

康平は一同の顔を見回したが、みなわけが分らず、首をひねった。

「ごめんなさ～い」

瑠美は十分ほどして戻ってきた。

「家に戻ったの。録画予約忘れちゃって」

瑠美の住まいははじめ食堂から徒歩五分圏内にある。

「なんて言う番組ですか？」

二三ははじめ食堂の厨房に立つようになってから、日曜と祝日以外、夜のテレビをほとんど見ていない。ニュースを見るくらいだ。録画設備がないわけではないが、そこまでして見たい番組がない。最近はどのチャンネルもお笑い芸人の集まるワイドショーや芸能人のクイズ番組ばかりで、ますますテレビから遠ざかった。

瑠美のような常識ある大人があわてて家にとって返すくらい見たい番組なら、面白いかも知れない。

「カラオケバトル。今夜は各部門のチャンピオン大会で、年間チャンピオン大会の出場者が決まるの。だから是非とも見ないと……違った、聴かないと」

「カラオケバトル？」

二三は呆気《あっけ》に取られて瑠美の顔を見返した。のど自慢番組と言えば、ＮＨＫののど自慢くらいしか思い浮かばない。

「そう。カラオケで歌って、機械が採点するの」

「ほら、三年前だったか、Ｍａｙ Ｊ．って歌手が二十六連勝かなんかして、話題になったでしょ。紅白にも出て」

康平の補足説明を聞いて、やっと二三にもうろ覚えの記憶が甦ってきた。

「ああ、『ありのままで』歌った人……」

「あれで人気が出て、今は他の局でも似たような番組やってるの。もう、とにかく出場者のレベルが高くて……」

瑠美はいささか興奮気味だ。

「とにかく、一聴に如《し》かず、ですよ。聴いてみなくちゃ分らないから」

「それじゃ、私もちょっと録画してきます」

二三はカウンターを出て階段を駆け上がった。

「俺も、録画頼んどこっと」

「俺も」

万里と康平もスマートフォンを取り出し、家に電話した。

「はい、後藤さんの冷や汁。お先にね」

一子が冷や汁のご飯セットを後藤の前に置いた。素麺用のガラス鉢に冷や汁が、大きめのご飯茶碗《ぢゃわん》に冷水で洗ったご飯が入っている。

後藤はガラス鉢にご飯を豪快にあけ、ザクザクとかき込んだ。

冷や汁は鯵《あじ》の干物を焼いてほぐし、煎りゴマと共にすり鉢で当たる。それを冷やした味噌汁で伸ばし、キュウリと茗荷の薄切り、青紫蘇《あおじそ》の千切りを入れて出来上がり。すり鉢さえあれば意外と簡単に作れるが、冷たい味噌汁に溶け込んだ鯵の旨味、ゴマの香ばしい風味、キュウリの爽やかさとシャキシャキした食感、茗荷と青紫蘇の香り高さ、それらを同時に味わえて、しかも栄養満点。暑さで食欲の落ちたときでもサラサラ食べられる優れものだ。

はじめ食堂ではベースの味噌汁だけ冷蔵庫で保存し、具材は注文が入る毎《ごと》に切る。だから茗荷も青紫蘇も新鮮な香りが立っている。

「お待ちどおさま。冷や汁素麺セットです」

二三が冷や素麺を添えたセットを三人の前に置いた。ズルズルと素麺をすする幸せな音が、店内に満ちた。

「あ～、うめえ」

康平が間延びした声を出せば、瑠美もうっとり目を閉じて溜息《ためいき》を漏らした。

「ホントに、夏の風物詩よねえ」

みな一気に食べ終えた。冷や汁はそばやお茶漬けと相通じるところがあり、スピード感も味のうちである。

「でも、冷や汁って宮崎県の郷土料理でしょ。どうしてこちらのメニューに入れるようになったの？」

二三と一子は思わず顔を見合わせた。

「どうだったかしらねえ……」

「今となっては思い出せないですけど、テレビか雑誌で見たんだと思います。美味しそうだし、わりと簡単だし、お金も掛からないし、店で出すのに良いんじゃないかってことで」

瑠美は感心したように頷いた。

「ちょっとしたきっかけなんですね。でも、ありがたいわあ。冷や汁出してくれるお店って、あんまりなくて」

「ねえ、おばちゃん、今度鯛茶漬《たいちゃづ》けやんない？」

康平が口を出した。

「今、お茶漬けの店って増えてんだよ。鯛茶は刺身をゴマだれに漬けて出汁《だし》かけたやつ。美味かったな」

「それ、いくらした？」

「え～と、九百八十円。シラスや鮭《さけ》やタラコは六百八十円だった」

二三は一子と万里を振り向いた。万里は興味を引かれて、わずかに身を乗り出している。

「お姑《かあ》さん、検討してみる？」

「そうね」

万里は「やったね」という風にニヤリとした。

夜の九時にはじめ食堂は閉店する。

「ただいま」

万里が暖簾を下ろしていると、娘の要《かなめ》が帰ってきた。小さな出版社に勤めているので、帰りが深夜になることも少なくない。

「お帰り。早かったじゃん」

「遅くまでお疲れさん、万里」

要と万里は小学校から高校まで同じだった。気の置けない幼馴染《おさななじ》みで、憎まれ口を利き合っている。

「ねえ、万里君。今日は夜の賄い、二階で食べよう。テレビ録画したの、観《み》なくちゃ」

「何、録画って？」

「菊川先生ご推薦のカラオケバトル」

「ああ、あれね」

「知ってる？」

「今、ブームなんじゃない。カラオケバトル出身でデビューした男の歌手、おばさんたちに大人気だよ」

「へえ。期待大だわ。二階行こう！」

四人はお膳《ぜん》に料理を並べ、テレビの前に陣取った。

要と万里はキチンと夕食を食べるが、二三と一子は昼の賄いで結構腹一杯なので、夜はつまむ程度だ。今夜は二人とも冷や汁を半人前、要と万里はゴーヤチャンプルーをメインに、残った料理を何品か小鉢に盛ってきた。要は冷蔵庫から缶ビールを二本出し、万里の前にも一本置いた。

「サンクス」

「ローソン」

プシュッと蓋が開き、二人が乾杯する横で、二三はリモコンを操作して録画を再生した。

「じっくり歌番組観るのって、何十年ぶりかしら」

「最近は紅白も観ないしねえ」

二三と一子はそんな呟きを漏らしつつ、番組に見入った……いや、聴き入った。

出場者が歌い始めると、画面の下に採点表が映った。音程とリズムがカラオケと合っているか、声量は足りているか、ビブラートやしゃくりなどのテクニックを使ったか否か、すべてチェックして採点される。だから成績は一目瞭然《いちもくりようぜん》となる。

機械が採点するので、情実はない。その公正さと非情さが、番組の人気を押し上げたのだろう。

出場者はみな地区予選を勝ち抜いてきただけあって、歌が上手かった。中には小学生まで混じっているが、歌唱力は大人と比べてまったく遜色《そんしよく》ない。

「お姑さん、この子、すごいねえ」

「歌に年は関係ないんだよ。美空《みそら》ひばりだって小学生の頃から大人より上手かったからね」

「ほら、将棋の藤井《ふじい》君だって、十四歳でデビューして二十九連勝したたし」

「卓球の子もそうよね？」

カラオケバトルを肴《さかな》に、結構話が弾んだ。

「でも、昭和の歌は何となく聞き覚えがあるのに、最近の歌って、何百万枚売れてても知らない曲ばっかりね」

「それに、何言ってるのか良く分らないし」

「日本語のイントネーションとメロディの高低が合ってないのよ。一つの言葉が二つの音節にまたがったり」

「言葉数が多過ぎるんだね。思ってること全部言っちまったら、身も蓋もありゃしない」

一子は続けて「君恋し」や「雨に咲く花」は名曲だったと嘆息した。

「『港が見える丘』とか『上海《シャンハイ》帰りのリル』とか……」

「お祖母《ばあ》ちゃんの青春時代だったんでしょ」

「今の歌って、多分コンピューターで作曲してんだよ」

「ええっ⁉　そうなの？　ピアノじゃないの？」

「音楽の世界でも、アナログはどんどん駆逐されてんじゃない？」

「だから人間味がなくなっちゃったんだわ」

番組の中盤で出場者は最後の一人を残すのみとなった。その後は得点の高い順に六人が選ばれて二回戦となり、さらに三人が選ばれて決勝戦が行われ、優勝者が秋の年間チャンピオン大会に出場する資格を得るのだという。

「それでは登場していただきます。カラオケ大好きパート主婦、夢は〝ご近所の星〟、浜崎真弓《まゆみ》さんです！　歌うは名曲、サザンオールスターズ『いとしのエリー』」

最後の出場者がステージに現れた。画面に映るその顔に、二三と一子と万里は同時にあっと声を上げた。

「昼間の……！」

「クリーニング……！」

「ゴーヤチャンプルー……！」

要が缶ビールを片手に三人の顔を見回した。

「みんな、どうしちゃったの？」

浜崎真弓の歌声が画面から流れてくる。低い、少しハスキーな声で、声量があって伸びも良い。歌っているときの真弓は、はじめ食堂で見たときよりずっときれいだった。

「こうやって聴くと、サザンの歌って、結構日本語がちゃんとしてるね」

「デビューしたときは変な日本語だと思ったけど」

「あれはわざと外国人みたいな発音にしたんだって」

歌い終わった真弓と司会者の遣《や》り取《と》りから、真弓がこの番組の常連だと知れた。過去にも部門大会での優勝経験があり、年間チャンピオン大会にも出場しているが、惜しいところで優勝を逃しているという。

真弓の採点が出た。九十九・五六で、第二位。

「良かった。二回戦に進めるわね」

二三と一子は、それからはテレビの前に齧《かじ》り付《つ》くようにして進行を見守った。今日初めて店に来てくれたお客さんだが、今や身内のような気がする。何とか優勝して、秋のチャンピオン大会に出て欲しい。

二人の願いが通じたのか、真弓は見事大会を制し、優勝した。

「良かった！」

二三と一子は麦茶で乾杯した。

「今度浜崎さんが店に来たら、お祝いに小鉢サービスしちゃおうか？」

「そうだね」

そんな二人をよそに、要は万里にそっと耳打ちした。

「でもさ、浜崎真弓ってヤバくない？」

「相当ヤバいよ。一字違いじゃん」

翌日の昼、一時を少し過ぎた頃、真弓ははじめ食堂にやってきた。

「夕べ、テレビ拝見しましたよ」

開口一番、二三は真弓に告げた。続けて一子が拍手を送った。

「それはどうも、ありがとうございます」

真弓は嬉しそうにニッコリ笑った。

三原と梓が先客でいたが、二人には早速「昨日の新客さん、テレビののど自慢大会で優勝したのよ！」と報告したので、好意的に見守っている。

「決勝戦で歌った『黄昏《たそがれ》のビギン』って、良い歌ですねえ。すっかり好きになっちゃいましたよ」

「私も大好きなんです。去年、ちあきなおみのCDに入ってるのを聴いて、レパートリーに入れたんです」

「昨日あんなに何曲も歌ったのに、今日もお仕事ですか？　大変ですね」

真弓はクスッと笑った。

「あれ、録画ですよ。ビデオ収録は二週間前でした」

本日のランチは焼き魚がイカの漬け焼、煮魚がサバの味噌煮、日替わりが鯵フライと麻婆《マーボ》ナス。小鉢はブロッコリーの蟹餡《かにあん》かけと利休《りきゅう》揚げ。味噌汁の具は季節の味、冬瓜と茗荷。

「煮魚定食下さい」

真弓はそう注文したが、その視線が麻婆ナスに注がれているのを、二三は見逃さなかった。

　素早く一子と目を見交わし、互いに了解した。

「これ、お店からささやかなお祝いです」

　定食セットを出してから、一子が麻婆ナスを盛った小鉢をテーブルに置いた。

「あら」

　真弓は一瞬頰《ほお》を緩めたが、次の瞬間には顔を曇らせた。

「すみません。私、これ、ダメなんです」

「あら、お嫌いですか？」

　意外な反応に、二三は戸惑った。真弓の麻婆ナスを見る目は、どう見ても好物に吸い寄せられる目つきだったのに。

「そうじゃないんですけど……」

　真弓は少し言い淀《よど》んでから先を続けた。

「あのう、声に悪いものは出来るだけ食べないようにしてるんです」

「あら、おナスって、声に悪いんですか？」

「私も最近知ったんですけど、声楽家の中には絶対食べない人もいるんですって。それと、辛いものや熱いもの、チョコレート、バター、牛乳、アルコールも喉《のど》には良くないんですって」

「まあ、初めて知りました」

一子や万里を始め、三原と梓も驚いて耳を傾けた。

「秋のチャンピオン大会で優勝するために、歌の練習はもちろんですけど、それ以外にも出来ることは全部しようと思ってるんです。喉を良い状態に保つために、風邪を引かない。睡眠を十分取る。食べ物にも気をつける。最低限、それくらいは」

「大変ですねえ」

二三は感心してしまった。歌の練習以外に、気をつけなくてはならないことが幾つもあるなんて。

「すみません」

「いいえ、こちらこそ。うちで協力できることがあったら、なんでも言って下さいね。応援してますよ」

「ありがとうございます」

真弓は殊勝に頭を下げた。

その日の夕方、はじめ食堂の口開けの客は例によって辰浪康平だった。

「おばちゃん、昨日のカラオケバトル見た？」

「もちろん」

本日のお通しは自家製イカの塩辛。ランチのイカは一杯百円で、山手政夫が築地で仕入れてくれた。開いて皮を剝き、胴体は串を打って軽く醬油に漬けて焼いた。残ったワタを酒の煮きりと塩で和え、ゆずの千切りを散らしたら、適当に切った足を入れる。熟成させていないので、塩辛と言うより肝和えに近い。とにかく酒に合う。

「おじさん、優勝した浜崎真弓さん、ランチに来るお客さんだよ」

カウンターに生ビールのジョッキを置いて、万里が言った。

「ホントかよ？」

「先月こっちへ引っ越してきたって。今、タカラクリーニングでパートやってる」

「俺、覗《のぞ》いてこようかな」

「よしなさいよ。見世物じゃないんだから」

佃のタワーマンションには芸能人や有名人も住んでいるが、彼らは地元住民とはまったく交流がない。例外は気軽にはじめ食堂を訪れる菊川瑠美くらいだ。

「会いに行けるアイドルって、地下アイドルって言ってさ、最近流行《はや》ってんだ」

万里が呆《あき》れて口を尖《とが》らせた。

「アイドルって年じゃないでしょう、もう」

その夜、八時過ぎに来店した菊川瑠美は、真弓がはじめ食堂にランチに来ると聞くとご機嫌になった。

「私、前からあの人が贔屓《ひいき》なの。今度こそチャンピオン大会で優勝して欲しいわ」

「でも、チャンピオン大会に出る人たちは、みんなお上手なんでしょうね」

「強敵揃《ぞろ》いよ。でも、優勝すればプロへの道も開けるし。だからみんな必死なんだけど」

　ご近所にちょっとした有名人がいる。縁もゆかりもない赤の他人でも、それだけで日々の暮らしにほんの少し彩りが加わる。夕飯のおかずが一品増えるように、新しい話題は食卓を賑《にぎ》わしてくれる。自分たちと大して変らない一般庶民が世間の注目を浴びている、そのことに心地良さを感じて、周囲の人々は浜崎真弓を応援したくなった。

「あのう、お願いがあるんですけど」

　一週間後、ランチにやってきた真弓が二三の前に進み出て、改まった口調で切り出した。

「実は、テレビのドキュメンタリー番組に出ることになりまして、このお店でランチを食べる様子を、撮影させていただきたいんです」

「テレビ？」

「BSなんですけどね。普通の主婦が歌手を目指して頑張ってる姿を番組で取り上げたいんだそうです。私、平日は十時から四時までパートして、夕飯までカラオケボックスで練習してるんです。それで、お昼ご飯はいつもここで食べてるって言ったら、是非撮影させていただきたいって」

　二三はチラリと一子を見た。

「うちは構いませんよ。浜崎さんのお役に立つなら、どうぞ」

一子は少しの迷いもなく、きっぱりと返事した。

「ありがとうございます。助かります」

真弓はホッとした様子で、深々と一礼した。

三日後、撮影クルーがはじめ食堂にやってきた。カメラマンと音声係の二人だけで、カメラマンがインタビュアーも兼ねていた。

午後一時を過ぎていたので、客は三原と梓しかいない。

「お昼はいつもこのお店で？」

「はい。とても美味しくて栄養バランスが良いんで、助かってます。おかずとサラダの他に、小鉢が二つも付くんですよ」

日替わり定食のポークジンジャーを前に、真弓は少しも気負わずに話をした。むしろ何の関係もない万里が上がってしまい、調理の手順を間違えそうになったくらいだ。

「美味しそうですね。これは何ですか？」

「ポークジンジャー。私も初めて注文したんですけど、お野菜がたっぷりでビックリ。生姜が利いてて、ゴマも入ってるのね。生姜って、喉に良いんですよ」

真弓は一口食べて「美味しい」と目を細めた。

「ホントは、夜も主人と二人でここで食べたいくらい。カラオケの点数が低いと、ガッカリしてご飯作る気力なくなっちゃうんです」

真弓はきれいに定食を平らげ、麦茶を飲み干した。

「私、ご近所に恵まれてるんですよ。前に住んでいた町でもそうだったし、佃へ越してきてからも、マンションの大家さん、タカラクリーニングのご主人、こちらのはじめ食堂のみなさん、知り合ってまだ一月にもならないのに、とても親身になって応援して下さるんです」

「それで、キャッチフレーズがご近所の星なんですね？」

「はい」

カメラマンは真弓へのインタビューが終わると、二三たちにもカメラを向けた。

「浜崎真弓さんの歌をお聴きになったことはありますか？」

「はい。この間初めて。あんまり上手くてビックリしました。声に情感があって、良いですねえ」

そして真弓の宣伝になればと思って付け加えた。

「料理研究家の菊川瑠美先生も、以前から浜崎さんのファンなんですって。カラオケの番組も、菊川先生に教えていただいたんですよ」

カメラマンは一子に尋ねた。

「おばあちゃんは？」

その一言で二三は感情を害した。どんなに年を取っていても、現役で働いている女性に「おばあちゃん」は失礼だ。旅館や飲食店の経営者は「女将《おかみ》さん」、芸妓《げいぎ》は「お姐《ねえ》さん」、バーの経営者は「マダム」もしくは「ママ」と、昔から使われてきた名称がある。そもそも、赤の他人を「おばあちゃん」と呼ぶ神経がおかしい。

しかし、一子は不快感などおくびにも出さず、笑顔で答えた。

「私もすっかりファンになりました。出来れば、昔の流行歌も聴かせてもらいたいですね。『君恋し』とか『港が見える丘』とか」

万里は上がりまくって、とてつもないことを口走った。

「ぼ、僕は、浜崎あゆみを超えてもらいたいです！」

撮影クルーは声を立てて笑い、真弓も笑みを浮かべた。

しかし、二三は真弓がほんの一瞬、不快げに唇を歪《ゆが》めたのを見て取った。

真弓と撮影クルーは、はじめ食堂の面々とお客たちに丁寧に礼を述べ、出ていった。撮影時間は三十分ほどだった。

「彼女、なかなか役者じゃない」

食後のお茶を飲んでいた梓が呟いた。

「何度もテレビに出てるらしいわ。カラオケ番組の常連みたいよ」

「そう言えば、その番組、録画したのよね？」

「うん」

「悪いけど、ＤＶＤに焼いてくれない？」

「良いけど、野田ちゃん、興味あるの？」

「昨夜、お客さんから、会社の創立記念パーティーのアトラクション、どうしようって相談されてさ。今、彼女に歌ってもらったらって閃《ひらめ》いちゃった。小さな会社だから、プロの歌手呼ぶほど予算ないと思うのよね」

「良いんじゃないの。下手なプロよりずっと上手いし、人前で歌えば練習になるし」

二三は気軽に二階に上がり、録画した番組をＤＶＤにダビングして、梓に渡した。

その夜のはじめ食堂が、テレビ撮影の話題で盛り上がったことは言うまでもない。

次の日、いつもの時間に野田梓がはじめ食堂に現れた。

「どうだった？」

答を聞かなくても顔を見れば分った。

「もう、ばっちり。お客さんにお店でＤＶＤ見せたらすっかり気に入っちゃって、是非お願いしたいって」

今日の昼定食は焼き魚がホッケの開き、煮魚が浅羽《あさば》カレイ、日替わりがチキン南蛮とＧＢＳポテト。小鉢はコンニャクのピリ辛炒めとハム入りマカロニサラダ。味噌汁はワカメと油揚げ。

「GBSポテトって何？」

「ガーリック・バター・醤油。これも万里君ご提案の新メニュー」

「ジャーマンポテトみたいなやつ？」

「似てるっちゃ似てるけど、ベーコンが厚切りなの。それに、ニンニクと醤油とバターのトリプルって、ご飯に合うのよ」

「それじゃ遠慮する。夜、仕事だから」

「あ、そうよね」

「え～と、今日は景気付けに、海老フライお願いします」

梓が注文を終えると、三原茂之が入ってきた。

「う～ん、十年前なら良かったんだけど、今はベーコンとバターとニンニクはキツいかなあ」

三原もしばらく悩んだ末にホッケを選んだ。

GBSポテトは一口大に切ったジャガイモを固茹でして、ニンニクのみじん切り・厚切りのベーコンと一緒に油で炒め、塩胡椒した後でバターを加え、醤油で味を調える。たいそうご飯が進むおかずなのだが……。

「やっぱ、ニンニクがまずかったのかなあ」

万里がぼやいた。スタミナをつけたい男性陣には人気と踏んで十食用意したのだが、六食しか出ていない。一時過ぎたらお客さんはほとんど入らないので、万里が一食食べても三食分余ってしまう。

「気にすることないわよ。夜のお客さんに勧めるから。康ちゃんは新しモン好きだからきっと喜ぶし、政さんと後藤さんコンビも食べるわよ」

一子が笑顔で肩を叩《たた》いた。別に万里に気を遣っているわけではない。食べ物商売をやっていれば、どうしても多少の無駄は出る。それを一々気にするより、人気メニューの開発にエネルギーを使った方が、結局は収益が上がる。そう信じているのだ。事実、はじめ食堂はこれまでその方針で続いてきた。

「こんにちは。昨日はどうも、お世話様でした」

真弓が現れた。

梓は早速席を立ち、真弓の向かいに腰を下ろした。

「浜崎さん、突然で失礼とは思いますが、お願いがあるんです」

「はあ」

梓が事情を話すと、真弓はパッと顔を輝かせた。

「それは、大変光栄です。是非、歌わせて下さい」

まさに二つ返事で、いささかも躊躇《ちゅうちょ》しなかった。

「ああ、良かった。ありがとう。助かります」

梓も安心したのか、いつもの調子に戻っていた。

「それでね、会場に来るお客さん、年配の方が多いのよ。ほぼ全員オーバー五十歳。中心は七十代かな。だから、選曲は懐メロでお願いできるかしら？」

「はい、大丈夫です。昭和三十年代から四十年代くらいに流行った曲がよろしいんですね？」

「そうそう。あとはビートルズナンバーとか、プレスリーの曲とか、その頃の流行った洋楽ね。『ロシアより愛をこめて』とか」

真弓は熱心に頷いた。

「私も、その時代の曲の方が好きなんです。自分の声にも合ってると思うし」

「それでね、謝礼金のことなんですけど……」

真弓は弾《はじ》かれたように首を振り、両手も振った。

「とんでもない！　私、素人《しろうと》なのに、いただけません！　交通費とお弁当を出していただければ、十分です」

「そんなわけにはいきませんよ」

梓は苦笑いして、テーブルの上に数字を書いた。

「こちらでよろしいでしょうか？」

「もう、十分です。恐縮です」

真弓はテーブルに額がつくほど頭を下げた。

梓がテーブルを離れるのを待って、二三は注文を聞いた。

「トンカツ下さい！」

声が弾んでいた。人前で歌えることが嬉しいのだ。

そんな真弓を見ると、二三も心が温まった。

「浜崎さん、今日の小鉢、ピリ辛コンニャクなの。納豆か冷や奴に変えましょうか？」

翌週の月曜日、二三は梓が来るのを今か今かと待ちかねていた。真弓が歌を披露したパーティーは日曜日で、梓も手伝いに行くと言っていた。

「こんにちは」

梓がいつもの時間に現れると、おしぼり片手にすっ飛んでいった。

「野田ちゃん、昨日のパーティー、浜崎さんどうだった？」

「もう、最高！」

梓は指でOKサインを作った。

「テレビよりずっと良い声でね。歌も良かったし。社長も来賓も、みんな聴《き》き惚《ほ》れてたわ。ご祝儀を言付けるお客様までいたんだから。社長さんに感謝されてね、私も鼻が高かった」

「そう、良かった」

先に店に来ていた三原は、二人の遣り取りに目を細めた。先ほど、ヤキモキしている二三を「大丈夫ですよ」と宥《なだ》めたばかりだ。

「え～と、今日は……」

本日のランチメニューは、焼き魚がサバのもろみ漬け、煮魚が赤魚、日替わりがコロッケと豚肉生姜焼き。味噌汁はナスと茗荷。

「コロッケ」

「はい」

今日の日替わり定食は二大人気メニューで、コロッケは梓で売り切れ、生姜焼きも後一人前しか残っていない。ちなみに三原もはじめ食堂の手作りコロッケの大ファンで、あると必ず注文する。

すぐに真弓もやってきた。

「浜崎さん、おめでとう。大成功だったんですって？」

「ありがとうございます。野田さんにもすっかりお世話になりまして」

真弓は二三と梓に代わる代わる頭を下げた。

「今日ね、生姜焼きがお勧め。喉に良いんでしょ？」

そして真弓の味噌汁からはナスを除き、乾燥ワカメを入れた。

「万里君、ごめんね。肉メニューみんな出しちゃって」

お客さんを帰した後、二三は謝った。万里は鯛からシラスまで、尾頭《おかしら》付きの魚が一切食べられないのだ。

「ノープロブレム。商売第一だよ。気にしない、気にしない」

そして一子を振り向いてちゃっかり言った。

「ねえ、おばちゃん、お昼、海老フライ揚げて」

その日のはじめ食堂の夜の部は、いつもの順番で康平、山手・後藤、瑠美の四人が訪れた。

「先生、浜崎さん、昨日のパーティーで拍手喝采《かっさい》だったそうですよ」

「まあ、それは良かったわ」

瑠美はおしぼりで手を拭《ふ》きながら、壁の品書きをざっと眺めた。

「ナスとピーマンの揚げ浸し、中華風冷や奴、それとフランス風オムレツ下さい」

そこへ、真弓が現れた。二人連れだった。

「あら、いらっしゃい」

真弓は連れの男を前に押し出すようにした。

「主人です」

　真弓の夫はぺこりと頭を下げた。真弓と同年齢で中肉中背、無難にまとまった顔だが、やや線が細く、気弱そうな感じがした。

　二人が席に着くと、二三はおしぼりを出してお通しの皿を置いた。

「ご主人とお二人で、ありがとうございます」

「お小遣いがたっぷり入ったから、夕飯外で食べようと思って。ユウちゃん、何にする？」

　ユウちゃんと呼ばれた夫は生ビールを注文した。祐治《ゆうじ》という名前だとは後で分った。

「浜崎さんは、ウーロン茶？」

　真弓は顔をしかめた。

「カフェインも良くないんです。ペリエとか、ミネラルウォーター、ありません？」

　二三はいささか困惑した。

「うちはそういう洒落《しゃれ》たものは……麦茶なんか如何？　カフェイン入ってないですよ」

「じゃ、それで」

　注文も面倒だった。ナスはダメ、唐辛子・牛乳・バターも好ましくないということで、メニューを一々材料チェックするのだ。

　傍《はた》でそれを聞かされる常連たちは、明らかに鼻白んでいた。

真弓を取材したBSのドキュメンタリー番組は、早くもその週の日曜日に放送された。栃木県に生まれ育った歌の好きな少女が、両親に反対されて芸能界入りを断念。高校卒業後、東京のリース会社に就職。やがて昔の同級生と再会して結婚。勤務先のカラオケ大会で優勝したことから、少女時代の「歌手になりたい」という夢が再燃し、幾つものど自慢大会に出場し、実力を認められる。ブームになったテレビのカラオケ番組で優勝するため、勤務時間の長い前の会社を辞めてパートになり、周囲の人に温かく見守られながら、ひたすらプロ歌手としてのデビューを目指す。

いかにもありがちな内容だったが、一つだけ二三が驚いたのは、カラオケマシンで高得点を出すために、敢えてそれ用の歌い方をしている、という点だった。

「本当はこういう風に歌いたいって思うこともあるんですけど、それだと得点が伸びないんです。練習で毎回百点出しても、本番では九十五点だったりするんで、そこはシビアにいかないと」

その話にはどうしても違和感を感じてしまう。

「こんなこと言っても仕方ないけど、機械に歌の良さが分るのかしら?」

番組が終わり、一子と食後のお茶を飲みながら、思ったままを口にした。

「音程とかテンポとか、テクニックは採点できると思うけど、声の質とか持ち味とか雰囲気とか、そんなの機械じゃ測れないでしょ」

「あたしも、歌手ってやっぱり声で選ぶわね。人間、好きな声と嫌いな声があるから、いくら歌が上手くても、声が嫌いだと好きになれないわねえ」

　そして幾分声を落として先を続けた。

「それより、この頃の浜崎さんの様子が気になって」

「お姑さんも？」

　一子は深く頷いた。

「目の色変ってるでしょ。大会が近づいてるから仕方ないのかも知れないけど、あれじゃ、旦那は迷惑でしょうねえ」

　近頃真弓は土曜と日曜は各地のカラオケ大会にゲストで招かれていた。平日はパートが終わると、夜更けまでカラオケボックスに籠《こ》もって歌の練習をしている。夕食はそこで適当に料理を頼んで済ませるらしい。それでは夫の夕食はどうしているのだろう？

「こんなこと続けていて、夫婦仲がおかしくならなきゃ良いけど」

　一子の心配は杞憂《きゆう》ではなかった。

　翌日の夜、浜崎祐治がはじめ食堂に現れた。

　時間は八時を過ぎていた。祐治は店内を見回して、空いているカウンターの隅に腰掛けた。

「いらっしゃいませ。今夜は、奥さんは？」

「まだカラオケですよ」

吐き捨てるような口調だった。

二三が思わず祐治の顔を見直すと、この前見たときより顔色が悪く、明らかに表情が暗い。

「ご熱心ですね」

当たり障りのない言葉を返し、おしぼりとお通しをおいた。

「生ビール……いや、酒下さい」

「お酒は何を差し上げましょう？」

一子がメニューを開いて差し出した。

「これ、二合。冷やで」

祐治は無造作に一番上に書かれた銘柄を選んだ。おそらく何でも良いのだろう。ろくにつまみも食べず、水でも飲むように二合のデカンタを空にして帰って行った。店にはものの三十分もいなかった。

「荒れてるよね」

万里が声を潜めて呟き、二三と一子は黙って頷いた。

真弓は昼になると変らずはじめ食堂で昼食を食べた。しかし、初めて訪れたときに比べると、顔つきが険しくなっている。

夜になるとやってくる祐治は、どんどん酒量が増えた。二合だった酒が、次の週には四合になってしまった。

絵に描いたようなヤケ酒で、決して楽しんで呑んでいない。見ていると辛くなってきた。

「浜崎さん、そんなに呑むと、奥さんが心配しますよ」

見かねて、ついに二三は声をかけた。

だが、祐治は苦々しげに唇を歪めた。

「しませんよ。あいつは僕が邪魔なんです」

二三は返事に窮した。

「僕なんかと結婚しなければ、もっと早くプロの歌手になれたのに。ハッキリ口に出してそう言いましたからね」

真弓は両親に反対されて芸能界入りを諦《あきら》めた。しかし、東京で働くようになって五年目に、ジャズクラブのオーディションを受けて合格した。それから夜はそのクラブの専属歌手としてステージに立つようになったのだが、祐治と同窓会で再会し、恋愛から結婚へと急に話が進み、祐治は夜の仕事は辞めて欲しいと頼んだ。

「一度はあいつも納得して承知しました。でも、やっぱり歌手への夢は捨てられなかったんでしょう。テレビのカラオケ大会が始まると、もう一気に突き進んで……」

祐治はグラスに残っていた酒を呑み干した。

「あいつは〝歌の上手い奥さん〟じゃ満足できないんです。スポットライトを浴びるスターになりたいんです。それこそ、第二の浜崎あゆみになりたいんですよ」

一子が祐治の前に冷たい水のコップを置いた。

「まあ、どうぞ、お飲みになって」

祐治は素直にゴクゴク水を飲んだ。元々酒が好きな質《たち》ではないのだろう。

「奥さんの仰《おつしや》ったことは、売り言葉に買い言葉だったんでしょう？」

一子が尋ねると、祐治はためらいながら頷いた。

「でも、どっちみちもうお終《しま》いです。あいつは僕なんか眼中にない」

「浜崎さんはどうなさりたいの？」

一子の口調は柔らかで、いたわりが籠もっていた。

「奥さんと別れたいですか？」

祐治は力なく首を振った。

「いいえ。でも、あいつは別れたいと思っているはずです」

「ハズとフンドシは外れるもんなんですよ」

意味が分らずポカンとしている祐治に、一子は笑顔で応《こた》えた。

翌日ランチを食べに来た真弓は、憔悴《しようすい》して見えた。昨夜の諍《いさか》いが相当応えているのだろう。食事もまるで箸が進まない。

何となくいつもと違う雰囲気を察して、三原は食事を済ませると早々に席を立った。残っている客は野田梓だけになる。

「ねえ、真弓さん。ホントは麻婆ナスが好きなんでしょう?」

麦茶のお代わりを注《つ》ぎながら、唐突に二三が聞いた。

「ええ。麻婆豆腐も酸辣湯麵《サンラータンメン》もキムチも大好き。でも、喉に悪いものは食べられないから」

「我慢してらっしゃるのよね。偉いわ」

そして一呼吸おいてから後を続けた。

「でも、喉のコンディションを考えたら、ストレスだって良くないでしょう。ストレスで失声症になることもあるんですよ」

内心忸怩《じくじ》たるものがあるせいか、真弓は目を伏せてうなだれた。

「このところ、毎晩ご主人が店に見えるんですよ。うちはありがたいけど、あんな呑み方してたら身体《からだ》を壊すんじゃないかと……」

「余計なお世話です」

真弓は下を向いたまま言った。

「私の気持ちなんか、誰《だれ》にも分らないんです。今までどんなに悔しい思いをしたか。やっと巡ってきたチャンスに、どれほどの思いで挑んでいるか」

　顔を上げると、目が潤んでいた。

「浜崎あゆみがデビューしたのは私が中学生の時です。憧《あこが》れました。でも、両親が頑固で、芸能界なんか絶対に許してくれなかった」

　東京で就職してから、会社勤めの傍ら、プロの歌手としてステージに立つ経験をした。

「でも、もう夢見る少女じゃなかったから、結婚を機会に歌手はやめました。それなのに結婚したら私、浜崎真弓になったんです。たった一字違いの。その一字だけで、私とあゆの運命は天と地ほどの差があるんです。毎日、嫌でも思い知らされるんですよ」

　一子がそっと前に進み出た。

「それじゃ、奥さんは浜崎あゆみになれるんですか？」

　真弓は虚を衝《つ》かれたように押し黙った。そして、情けなさそうな苦い笑いを漏らした。

「私の方が歌が上手いと思います。でも、私はあゆにはなれない。持って生まれた星がないから。それは分っています」

　梓が吹かしていた煙草《タバコ》を消した。

「真弓さん、結局何になりたいの？」

　真弓が梓を振り向いた。

「あんまり自慢にならないけど、あたし、若い頃未来座《みらいざ》の研究生だったのよ」

未来座は日本を代表する新劇の劇団である。

「結局、団員にはなれなくて、芝居の道は諦めたんだけど。それで、前からバイトしてた水商売が本業になったわけ」

梓はじっと真弓を見つめた。

「最初は挫折《ざせつ》感の塊だった。だけど、ある日気が付いたのよ。私がお芝居を志したのは、自分の演技で人を楽しませたかったからだって。笑わせたり、泣かせたり、感動させたりしたかったんだって」

梓が勤めていた店のマダムは「銀座は夢の舞台。お客様は一夜の夢を見にいらっしゃる。だからホステスは女優よ」が口癖だった。

「それならあたしにも出番があると思ったわ。お姫様だけじゃ芝居は成り立たない。腰元も茶坊主も道化役も必要だものね」

真弓は身じろぎもしないでじっと座っている。

「真弓さんは素晴しい声と歌のテクニックを持っている。それを使って人を楽しませたり、感動させたりするのが、好きだったんじゃないの？　だから歌手になりたかったんじゃないの？」

二三は真弓にもう一歩近づいた。

「私たち、みんな真弓さんを応援してますよ。チャンピオン大会で優勝して、プロデビューして欲しいと思ってるわ。でも、それと同じくらい、幸せになってもらいたいの」

「奥さんの歌で幸せになる人が大勢いますよ。だから、奥さんも幸せでいて下さいね」

一子が言うと、真弓は頷いた。その拍子に、涙がポロリとこぼれ落ちた。

「ありがとうございます。……すみませんでした。私、優勝することしか頭になくて、大切なことをいっぱい見失ってました」

真弓はおしぼりでゴシゴシと涙を拭いた。

「今日、主人が帰ってきたら謝ります。それで、もう一度やり直します」

「そうですよ。そう来なくちゃ」

「最初テレビのカラオケ番組に出場が決まったとき、主人はとても喜んでくれたんです。本番用に高いワンピースを買ってくれて。私、そんなことすっかり忘れてました」

真弓は立ち上がって、深々と頭を下げた。

「奥さん、また、ご主人とお夕飯食べに来て下さい」

「ペリエ、用意しときますよ」

一子と二三は、帰って行く真弓の背中に呼びかけた。

第二話
寂しいスープ春雨

「はい、どうぞ」

カウンターに置かれたお通しの皿を手に取って、辰浪康平《たつなみこうへい》は点検するように眺めた。

「これ、何？　新作だよね」

「当たり。砂肝のゴマ酢和《あ》え」

答えたのははじめ食堂を営むおばちゃんの一人、一《にのまえ》二三《ふみ》。

「もしかして、また万里《ばんり》の創作？」

康平はアボカドの皮をツルリと剝《む》く赤目《あかめ》万里に、カウンター越しに声をかけた。

「これは俺じゃなくておばちゃんＨ」

「何だよ、Ｈって」

「二三のＨ。ちなみに要《かなめ》の婆《ばあ》ちゃんはおばちゃんＩ。一子《いちこ》のＩね」

「紛らわしいなあ」

「しょうがないよ、おばちゃん二人いるんだから」

二三と一子は目を見交わして苦笑いした。一子は二三にとって姑《しゅうとめ》に当たる、このはじめ食堂の創業者の妻だ。御年八十ウン歳だが、花柳界《かりゅうかい》ではどんなに年を取っても芸者を「お姐《ねえ》さん」と呼ぶように、食堂では「おばちゃん」と呼ぶのが流儀なのだ。

「でも、これ美味《うま》いね。ビールにピッタシ」

「でしょ?」

二三はドーンと胸を叩《たた》いた。

実はテレビの料理番組で見て、すぐお通しに使おうと思ったのだ。砂肝を茹《ゆ》でて、長ネギと生姜《しょうが》のみじん切りと共に、醤油《しょうゆ》・ゴマ油・酢で和える。簡単な料理なのにビールのお供にもってこいだ。

「へい、お待ち」

万里が注文された料理を出した。アボカドとブロッコリーのバジルソース和え。これもアボカドと茹でたブロッコリーを市販のバジルソースとマヨネーズで和えただけだが、アボカドの濃厚さが際立つ美味《おい》しさである。こってり味をビールで流せば、いくら食べても食べ飽きない。

「これさあ、海老《えび》入れたら? アボカドシュリンプって、カクテルサラダの定番じゃない」

「その場合は二百円追加ね」

「じゃ、要《い》らない」

軽口を叩きながらも、康平は満足そうだ。

「康ちゃん、この後冷酒でしょ？　今日、ランチで出した鮭《さけ》の西京漬《さいきょうづ》けがすごく美味しかったのよ。焼こうか？」

「うん、是非。あと、揚げ出し豆腐ね」

厨房《ちゅうぼう》の端っこの丸椅子《まるいす》に腰掛けた一子が言った。

「はいよ」

一子が立ち上がろうとするのを、二三と万里が制した。

「まだ早いよ、おばちゃん」

「揚げ出しは私やるから」

今はまだ忙しくない。以前階段を踏み外して腰を強打してから、なるべく身体《からだ》を労《いたわ》って、座れるときは座っている約束だ。いくら元気でも寄る年波、大人の階段をかなり上まで上っているのだから。

そこへ、ガラリと戸が開き、山手政夫《やまてまさお》と後藤輝明《ごとうてるあき》が入ってきた。

「いらっしゃい」

「生ビール二つ」

二人は康平と並んでカウンターに腰掛けた。

「やっぱ、今の時代スマホ無しじゃ不自由だぞ」

開口一番、山手が後藤に言った。

「別に、俺《おれ》は要らないよ。もう現役は引退したし、お前みたいにしょっちゅう出歩いてるわけでもないし」

「マー君追っかけてアメリカ行ったじゃないか」

「あれはあの時一回こっきりだ」

「また行くかも知れないだろ」

一子が二人の前にお通しを置いた。

「いっちゃん、こいつ、携帯壊れたんだけど、スマホに買い換えないっつうの」

「あら、そうなんですか」

「もう、十年以上使ってたんで、寿命だったんです」

後藤は砂肝に箸《はし》を伸ばした。

「で、俺は言ったんだよ。スマホ買えって。出先で何かあったって、スマホなかったら不自由だろう、街中から公衆電話がどんどん姿消してんだから」

「そう言えば駅の公衆電話、減ったわね」

「この前、新宿駅で東京に来たばっかりって感じのお年寄り夫婦が、公衆電話探してウロウロしててさあ。もう、気の毒で見てらんなくて、スマホ貸してあげた」

「まあ、万里君、良いとこあるわねえ。見直したわ」

「おばちゃん、日々一緒にいて、俺の性格の良さに気が付かない？」

後藤は二三と万里の漫才を聞き流し、無心に砂肝を嚙《か》んでいる。

「この砂肝、美味いなあ」

万里は後藤と山手にポテトサラダとバジルソース和えを出し、取り皿を二枚添えた。

「この後、揚げ出し豆腐出ます」

二三はカウンターの中から声をかけた。

「おじさん、今日の卵はニラ玉」

「おう」

山手は嬉《うれ》しそうに答え、ビールを飲み干した。

「政さん、今、康ちゃんに鮭の西京漬け焼いてるの。食べる？」

「頼む」

「後藤さんは？」

「じゃ、一緒にお願いします」

後藤は順番に切れ目なくつまみが出てくれば至極ご機嫌なのだ。

「今日の日替わりご飯は？」

「深川めし」

「じゃ、最後はそれで」

「はい、お熱いうちにどうぞ」

二三はカウンターに揚げ出し豆腐を三人分並べた。

「でもさ、後藤さんはおじさんみたいに出歩かないから、無理にスマホ買わなくてもいいんじゃないの？」

グラスに冷酒を注《つ》ぎながら、康平が山手に言った。

「だけどこいつだって、毎日家に籠《こ》もってるわけじゃないぞ。病院の定期検診だってあるし」

後藤は自他共に認める出不精で、自宅で野球観戦するのが一番の趣味だ。それというのも現役時代は警察官で、足を棒にして歩き回ることも多く、引退したら家でのんびりしたいと思っていたからだ。

一方の山手は魚屋の主人で、平日はワゴン車を運転して築地に買出しに出掛けている。そして俳句・詩吟・水彩画・社交ダンスと、多彩な趣味を持ち、休日は二つの趣味の集まりを掛け持ちすることもある。特に年に数回開かれるダンス教室のパーティーでは、盛大にフリルの付いた衣装を着込み、あられもなく身をくねらせて踊りまくる。それをＤＶＤに焼いて知り合いに配るので、もらった方は目のやり場に困ったりするのだった。

「お通し、お代わりいいですか？　ホント美味いわ、これ」

後藤はカウンター越しにお通しの小皿を差し出した。

「はい、どうぞ」

二三は嬉しくなって砂肝を小皿に山盛りにした。

「でも、あたしも携帯は持ってないわよ」

一子が言うと、山手は肩をすくめた。

「いっちゃんはいいよ。ふみちゃんと要ちゃんが一緒だし。だけどこいつは一人暮らしだから」

「ああ、なるほど」

後藤は妻に先立たれ、一人娘は結婚して大阪で暮らしている。しかも娘婿とは折り合いが悪く、妻が亡くなってからはますます疎遠になった。しかも、後藤は過去に脳梗塞《のうこうそく》で倒れて病院に搬送されたことが二回ある。山手のお節介にも理由がないわけではなかった。

「こんばんは」

スマホ談義に花が咲く中、菊川瑠美《きくかわるみ》が入ってきた。佃《つくだ》のタワーマンションに住む人気の料理研究家である。

「まずは生ビール。それから……」

瑠美は壁の品書きに目を走らせた。

「先生、アボカドとブロッコリーのバジルソース和え、如何《いかが》ですか？」

「良いわねえ。あとは冬瓜《とうがん》と茗荷《みょうが》のゼリー寄せ。それと、セロリと牛肉のXO醬炒《ジャンいた》めね」

瑠美もお通しの砂肝を食べて「美味しい」と目を細めた。

「ビールに合うこと。お代わりもらって良いかしら？」

「もちろんですよ」

二三はお通しのお代わりを運ぶついでに、スマホ談義の一端を伝えた。

「それは難しい問題よねえ」

瑠美はビールをジョッキ半分まで一気に飲み干し、「プハーッ」と息を吐いた。

「まあ、考えてみれば、昭和の時代は携帯電話なんかありませんでしたけど、それで不自由ってこともなかったような……」

「待ち合わせで会えなかったこととか、ありません？」

「あ、ありました、そう言えば！」

二三はカウンターに戻り、ゼリー寄せを皿に取り分けた。万里はバジルソース和えのアボカドを切っている。

瑠美は追加の砂肝を口に放《ほう》り込《こ》んだ。

「もう今となっては、スマホ無しじゃ暮らせないわ。私、スケジュール管理から何から、全部スマホなの。前に一度落っことした時は、人生お終《しま》いだってパニクったわ」

そして、幾分自嘲《じちょう》気味に付け加えた。

ったた。

「ま、人生がスマホに支配されてるっていうのも、情けないけど」

こうして、いつ果てるともないスマホ談義を肴《さかな》に、はじめ食堂の夜は賑《にぎ》やかに更けていった。

結局、次の週に後藤はスマートフォンを購入した。山手が後藤をドコモショップに連行して、無理矢理買わせたというのが真相らしい。

「担当のおねえちゃんが可愛《かわい》くて親切な子でさ。こいつ、年甲斐《としがい》もなくのぼせやがって、根掘り葉掘り聞くもんだから、おねえちゃんすっかり困っちまって上司と替わってやんの。それがミイラみたいな男でさ。そしたら急に質問打ち切って……」

面白おかしく話を盛る山手の横で、後藤は憮然《ぶぜん》としている。

「俺はせっかく新しい機械を買うんだから、宝の持ち腐れになんないように、機能の説明を詳しく聞いただけだよ」

「後藤さんは機械はお詳しい方ですか?」

二三は二人の前にお通しの「オクラとチーズの土佐醤油《とさじょうゆ》和え」を並べながら、やんわり口を挟んだ。

「まあ、普通ですね。仕事上必要なことだけは覚えましたけど」

「最近の犯罪はスマホ絡みのものが多いんでしょう?」

「詐欺なんか特にそうですね」

「オレオレ詐欺？」

「典型ですよ。まあ、私は担当が違ったんでアレですが」

一足先に来ていた康平が、山手に壁の品書きを指し示した。

「おじさん、ついに登場、鯛茶漬け《たいちゃづ》」

「ああ、いつか言ってたやつな」

「おばちゃん、この鯛はおじさんとこの？」

「そうよ。おまけに政さん自らサービスで切ってくれたの。お茶漬けじゃ勿体《もったい》ないくらい」

「じゃ、おじさん、責任上締めは鯛茶だね」

「おう、あたぼうよ」

二三が後藤の前に中華風冷《ひ》や奴《やっこ》とポテトサラダを置いて尋ねた。「後藤さんも如何ですか？　すぐ出来ますよ」

「じゃ、下さい」

鯛茶漬けは刺身をゴマだれに漬けておけば、あとは簡単だ。三つ葉や海苔《のり》、ワサビをトッピングして熱いお茶か出し汁を掛けるだけ。ゴマだれは煎《い》りゴマをよく擂《す》って醤油と酒の煮きり、みりん少々で伸ばした和風ソース。作り置きも出来る。

「ランチでは出さないの？」

イカとブロッコリーの中華炒めをつまみながら康平が聞いた。

「う〜ん。お値段がねえ」

「七百円じゃ無理？」

「ギリギリ。もうちょっと安い、イサキとかメバルの刺身を使えば十分元は取れるんだけど、割高感が心配で。他の定食はおかずとご飯だけど、丼物《どんぶりもの》ってワンプレートでしょ」

「あたしはチャレンジしても良いと思うのよ。ダメだったら夜限定にすれば良いことだし」

鍋《なべ》を火に掛けて出し汁を温めながら一子が言った。

「おじさん、俺さ、ランチの新作考えてんだ」

万里は山手の注文でフランス風オムレツを作っていた。

「題して、野菜たっぷりスープ春雨」

「ああ、喰《く》ったことある。カップで売ってるやつな」

後藤の発言に、万里は大袈裟《おおげさ》にガックリして見せた。

「皆さん、今、時代は春雨なんですよ」

万里は胸を張った。

「ＴＢＳの近くにスープ春雨の専門店があってさ、三時なのに女の人と外国人で満員。トッピングは何十種類もある中から好きなもの選べて、ベジタリアン用の特別スープもあり。いい気になってトッピング増やすと結構な値段になるんだけどさ。そんでもヘルシーとアジアンテイストって、やっぱ人気なんだよ」

「そりゃ、場所だろ。赤坂や青山じゃ良くても、佃や大島《おおじま》じゃ流行《はや》らねえよ」

山手がバカにしたように言うと、後藤がなにやら身じろぎして、尻《しり》ポケットからスマートフォンを取り出した。

「……」

不審な顔で画面を見つめていたが、つまらなそうにポケットに戻した。

「何だ？」

「人違いだ」

「買ったばっかりで、もう？」

山手が呆《あき》れ声《ごえ》を出したが、すぐに胸ポケットに入れたスマホを指さし、ニンマリした。

「俺とお前は今日からメル友だな」

後藤はうんざりした顔で肩をすくめた。口には出さねど「三日に上げずはじめ食堂で顔合わせてンのに、それ以上メールなんか要るか？」と言いたいのは見え見えだった。

「スープ春雨があるんですか？　じゃあ、私はそれで」

午後一時を少し過ぎた頃、ランチに現れた三原茂之《みはらしげゆき》は迷わず日替わり定食のスープ春雨を選んだ。

「三原さん、冒険心ありますね。今日これ選んだお客さん、みんな女性」

万里の言葉に、既にスープ春雨を注文していた先客の野田梓《のだあずさ》が微笑《ほほえ》んだ。

「これ、人気だったでしょ？」

「予想外の大人気。女性のお客さんの半分はオーダーしてくれたんじゃないかしら」

「夏だし、ツルツルの食感が食べやすいってのもあるんでしょうね」

二三と一子が交互に答え、万里を見遣《みや》った。万里は得意げに胸を反らしている。自分の提案した新メニューが大人気で、すっかり気をよくしているのだ。

鶏《とり》の骨で取ったスープにモヤシ・ニラ・キャベツ・人参《にんじん》などの野菜をたっぷり加え、戻した緑豆春雨の入った丼に注いだら、鶏肉の酒蒸しと白髪《しらが》ネギを飾り、最後に香菜《シャンツァイ》を盛大にトッピング。ヘルシーで尚且《なおか》つカロリーは抑えめだ。女子人気の秘訣《ひけつ》だろう。

「熊本に太平燕《タイピーエン》という麺《めん》料理があるんですが、これがいわゆるスープ春雨ですね。前は熊本に出張で行くと、必ず食べましたよ」

三原が懐かしそうに言った。

「それが今じゃすっかりメジャーになって、ここのランチで食べられるんですから、隔世の感がありますね。カップ春雨のお陰かも知れませんが」

スープ春雨定食が来ると梓はスープをすすり、大きく頷《うなず》いた。

「美味しい。良いお出汁《だし》だわあ」

本日の小鉢の一つはキュウリ・ワカメ・茗荷の酢の物、もう一つはチーズちくわとキュウリちくわの二種盛り。どちらも暑い盛りにはありがたい箸休めだ。

「この山盛りの香菜に、女心はときめくのよねえ」

二三はハッと気が付いた。中高年男性には香菜が苦手な人が多いのだ。

「三原さん、香菜はどうなさいます？」

「そうだなあ……少なめでお願いします」

三原は久々の「太平燕」との再会に感激した様子で、スープの最後の一滴まで美味そうに飲み干した。

「如何でしたか、本場のお味と比べて」

一子は三原のコップに冷たい麦茶を注ぎ足した。

「結構でした。太平燕もラーメンと同じで、店によって味が違うんですよ。ここのはいかにもはじめ食堂の味でした」

翻訳すれば誠実でまっとうで家庭的、となる。三原が十年以上、毎日のようにランチを食べに通う理由もそこにある。

「ねえ、例の鯛茶漬け、どうなった？」

梓が食後の一服に火をつけて聞いた。

「今度、鯛が安く手に入ったらやろうと思ってるんだけど」

「絶対、女性受けすると思うよ。私、今から予約しとくね」

三原も笑顔で片手を上げた。

「私も予約しますよ」

そして、ふと思い出したように付け足した。

「鯛茶漬けはお茶の代わりに生卵を掛けると、宇和島《うわじま》の鯛飯《たいめし》になるんですよ」

「鯛飯？」

二三と一子、万里は腑《ふ》に落ちない顔で聞き返した。

「鯛を載せた炊き込みご飯じゃなくて、ですか？」

「宇和島の鯛飯は独特なんです。あれがまた美味しいんですよ」

「あたしも食べたことある。すごく美味しかった。卵かけご飯の超豪華版……と思うと違うのよね。あくまで鯛が主役」

梓が身を乗り出した。

「ねえ、ねえ、ふみちゃん。いっそのこと出汁か生卵か、鯛茶か鯛飯か、お客さんに選んでもらえば？」

はじめ食堂の三人は目を輝かせた。

「良いかもしんない」

「ねえ、お姑《かあ》さん、いっぺん夜で試してみようか？」

「そうねえ。夜のお客さんは冒険心に富んでるから、きっと喜ぶわ」

その日の昼の賄いが鯛茶と鯛飯談義で盛り上がったことは言うまでもない。

「今度は幕張のアパホテルだよ」

カウンターに腰を下ろすや否や、山手は宣伝を始めた。次のダンス教室主宰のパーティー開催日が決まったのだ。

「アパホテルって？」

二三が聞き返した。

「元の幕張プリンス。これまでの会場の中でも最大級だな」

「前は西葛西《にしかさい》の何とかホテルだったじゃない。随分格上げしたね」

康平が合いの手を入れると、山手は得意げにひくひくと小鼻をうごめかせた。

「教室の三十周年記念だから、会場も張り込んだんだよ」

カウンターの中で二三は溜息《ためいき》を漏らし、呟《つぶや》いた。

「幕張も変ったわよね。私、子供の頃《ころ》潮干狩りに行ったのに」

「嘘《うそ》でしょ？」

万里は本気で驚いている。

「ホントよ。五十年前は幕張と言えば潮干狩りのメッカだったんだから」

「幕張と言えばメッセでしょ」

「それは後の話。昔は駅を降りたら一面海岸が広がってたのよ。海の家が並んでてさ。こっちは今の近未来みたいな風景が信じらんないわ」

二三は山手と後藤にお通しを出した。今日はタマネギスライス・茗荷・シラスの中華和え。材料を塩とゴマ油で和えただけだが、茗荷の香りが爽《さわ》やかで、さっぱりした酒の肴である。

「おじさん、それでいつやるの？」

「どうせまた、仏滅の日曜だろ」

後藤が冷やかし半分に解説した。

「だいたいダンスパーティーの日って、仏滅の日曜なんだよ」

「どうして？」

康平もはじめ食堂の三人も、つい身を乗り出した。

山手が代わってあとを引き取った。

「仏滅じゃないとホテルが貸したがらねえからさ。ほら、他の日は結婚式が入るだろう」

「あら、だってダンスパーティーだって、ホテルとしたら良いお客さんなんじゃない？」

「ダンパは一日貸し切りだろ。結婚式なら一日二組は入れられる。ホテルにしてみりゃ儲《もう》けが薄いわけだ」

「ああ、なるほど」

二三たちは頷き合った。まことに、それぞれの業界には様々な事情がある。部外者には計り知れない。

「というわけで、俺はラテンを三曲踊るんだ。みんな、日曜暇だろ？　見に来いよ」

一同は聞かなかった振りで、二三たちは料理の手を動かし、康平と後藤はそっぽを向いて生ビールのジョッキを傾けた。

「おばちゃん、今度は宇和島の鯛飯食べたいな」

康平が何の脈絡もなく言った。

「三原さんの話聞いたら、頭ん中鯛飯でいっぱいになった」

「うちもそのうち、鯛茶と二者択一でやりたいと思ってんのよ」

カウンターの上には洋風おから、もろキュウ、トマトオムレツ、ナスとピーマンの揚げ浸しの皿が次々に並べられた。山手と後藤はだいたい一皿を二人で分け合って食べるので、品数も多くなる。

「おばちゃん、俺、締めは焼きおにぎりで」

康平が早々とリクエストした。焼きおにぎりは少し時間が掛かるので、頃合いを見計らって焼くようにしている。

「後藤さんは、ダンスはなさらないんですか？」

二三が聞くと、後藤はビールにむせそうになった。

「私はあんな格好、出来ませんよ」

「あら、山手さんはラテン専門だからリオのカーニバルみたいだけど、モダンの人はみんな燕尾《えんび》服《ふく》でしょ。後藤さん、似合うんじゃありませんか？」

「いやいや、私はとても……」

「似合うって。元々ガタイが良いんだから。ふみちゃんもいっちゃんもそう思うでしょ？」

山手がここぞとばかりに言い募った。出不精で引きこもりがちな後藤を何とか外の集まりに引っ張り出そうと、これまでにも自分の所属する趣味のサークルへ連れ出したのだが、後藤は何処《どこ》にも馴染《なじ》めず、すぐにやめてしまった。

「本当は一番やらせたいのは社交ダンスなんだよ。音楽に合わせて身体を動かせば気分が明るくなるし、何より女の花園だからさ。いくら婆さんとおばさんばっかりだって、やっぱり気分が若返るよ」

山手は一人ではじめ食堂に来たとき、そう言っていた。「婆さんとおばさんばっかり」は失礼な言い草だが、幼馴染《おさななじ》みのためを思っての発言なので、二三も一子も不問に付した。

二人の帰り際、二三は何となく後藤が少し明るくなったように感じた。以前より笑顔が増えたような気がする。

それは二三だけの印象ではなかったようだ。

「後藤さん、少しご機嫌だったね。政さんの冗談に付き合って笑ったり。前は仏頂面が多かったのに」

「何か良いことがあったのかしら」

「だと良いねえ」

一子は同情を込めて付け加えた。

「同じ幼馴染みなのに、政さんとは随分境遇が違ってしまったから」

山手は妻と息子夫婦、二人の孫と同居している。妻とは長年連れ添って、来年金婚式を上げる。息子夫婦は魚政《うおまさ》を継ぎ、仲良く三人で店を切り盛りしている。孫は大学生の男の子と高校生の女の子で、どちらも一流と言われる学校に通い、性格も明るく素直で素行も良い。家庭円満を絵に描いたような家族だった。

一方の後藤は孤独を絵に描いたような境涯にいる。

山手が息子に店を任せ、安心してダンスだ俳句だ詩吟だと趣味に興じる姿を、後藤が本当はどのような思いで見ているのか、本人以外には知りようもなかった。

二三は一瞬、見間違いかと思った。しかし、そうではなかった。

後藤輝明は思い出し笑いをしていた……とても楽しそうに。

「何か良いことでもありましたか？」

後藤はハッとして表情を引き締めた。

「いや、ちょっと」

今日は後藤が口開けの客だった。山手はダンスの練習に出掛けて、まだ帰宅していないという。

「今日、アシタバが入ったんです。天ぷらで如何ですか？ ちょっと苦みがあるけど、通好みの味ですよ」

「じゃあ、それ。あとは適当に見繕って」

万里が生ビールのジョッキを運んできた。お通しは鶏皮の煮物。茹でたインゲンの生姜添えとポテトサラダがそれに続く。

「山手さんじゃないけど、ニラ玉豆腐、召し上がりませんか？」

「ああ、下さい」

二三も一子も一人暮らしの後藤の体調を考えて、野菜類とタンパク質を補充できるメニューを勧めている。

「間違いメールが入りましてね」

後藤がさりげない口調で言った。「思い出し笑い」の話だとピンときたので、二三もさりげなく応じた。

「ああ、新しくお買いになったスマホですね」

「そうそう。『約束すっぽかすなんてあんまりです』とか『昨日は一日待ってたのにどうして連絡くれないんですか？』とか。完全に人違いで、私はまったく心当たりないんですよ」

放っておいたが「何か気に障ったなら言ってください」「僕は切羽詰まってるんです。どうか今日中に返事をください」と、次々にメールが入る。後藤は気の毒になり「送り先を間違えていますよ」と返信してやった。

「そうしたら、すぐにお礼とお詫《わ》びのメールが来ましてね。何か、仕事上の大事な連絡だったようで『お陰で危ないところで首が繋《つな》がりました。ご親切に心から感謝いたします。大袈裟ではなく、あなたは僕の命の恩人です』なんて……大袈裟ですよねえ」

後藤は嬉しそうに相好を崩している。

「本音なんじゃないですか。相手の人は後藤さんのお陰で仕事先をしくじらなくてすんで、よほど嬉しかったんでしょう」

「なら良いんですけどねえ」

後藤の顔は鰹節《かつおぶし》をもらった猫のように嬉しそうだった。

「スープ春雨！」

壁の品書きを見て、後藤が目を輝かせた。

「俺の発案で～す」

すかさず万里が口を出し、一子が補足した。

「前にランチで出したら、とても評判良かったんですよ」

「じゃあ私、締めにそれ下さい」

隣に座った山手が怪訝《けげん》そうに眉《まゆ》を吊《つ》り上《あ》げた。

「お前、春雨はカップ麺で一杯食ってんだろ？」

「分ってないなあ。これからはスープ春雨の時代なんだよ」

後藤がいつかの万里と同じ台詞《せりふ》を口にしたので、みんな目を丸くした。

「中国じゃあ今、上海《シャンハイ》を中心にスープ春雨の店が大流行なんだと。シンガポールでも人気があるみたいだな」

後藤はおしぼりで手を拭《ふ》いて、山手に向き直った。

「ラーメンよりカロリーが少ないから、今の時代のヘルシー志向に合ってるんだ。それに春雨って言うのは茹でても汁が汚れないから、専用の茹で鍋を用意しなくても良いらしい。その分設備を省けるんで、開店資金も少なくてすむ。それで上海には屋台に毛の生えたような小さな店がいっぱいオープンしたんだな」

まるで専門家のような解説に、一同は呆気《あっけ》に取られた。

「そう言えば万里君、赤坂の専門店……名前出てこないな、あそこに行ったんだよね？」

「俺も出てこない……ナントカ麻辣湯《マーラータン》、行きました。食べました。美味かったです」

「あそこは薬膳《やくぜん》スープがベースなんだよ。火鍋《ひなべ》をヒントにしたらしいな」

「へえ、そうなんすか」

後藤は得意げに講釈を続けた。

「中国は広いからね。地域によって使う食材も調味料もみんな違うらしい。肉は北は羊、南は豚。調味料も北は酢が中心、揚子江《ようすこう》流域は醤油、南は魚醤《ぎょしょう》、とね。ところが春雨は全国区で、広い中国全土のどこでもあるそうだ。材料もジャガイモ、緑豆、サツマイモ、蕨《わらび》、紫芋、ざっと百種類は下らない……」

「お前、何でそんなに春雨に詳しいの？」

山手が心底不思議そうに尋ねると、後藤はくすぐったそうに小さく身じろぎした。

「いや、知り合いが教えてくれたんだよ」

「春雨屋の知り合いなんていたか？」

「そう言うんじゃなくて」

後藤はコホンと咳払《せきばら》いしてから、あわてて言い添えた。

「あの、私のスープ春雨は香菜抜きでお願いします！」

その夜、店を閉めてから賄いのテーブルを囲んだ。会社から帰ってきた要も合流し、今夜のメニューはスープ春雨が中心だった。

「お腹《なか》に優しいし、夜食にピッタリね」

二三と一子は春雨をすすって頷き合った。

「私、後藤さん、再婚すれば良いと思うわ」

丼に香菜を山盛りにした要が言った。

「一人暮らしだし、元公務員だから厚生年金も付くし、条件としてはかなり良いわよ」

「そうよねえ」

二三はいつか垣間見《かいまみ》た、後藤の味気ない暮らしぶりを思い出した。

「でも、脳梗塞で二回倒れてるから、健康面では少し不安よね」

一子が言うと、要は外国人のように人差し指を左右に振った。

「だから良いんじゃない。結婚してすぐくたばってくれたら、女は丸儲けよ。後妻業には絶好のターゲットだわ」

「縁起でもないこと言わないの。後藤さんはうちのお得意さんなんだからね」

一子がたしなめると、要は素直に「ごめん」と謝った。

「要の雑誌、シニア向けの婚活特集でもやんの？」

万里が取りなすように口を挟んだ。

「当たり」

要は缶ビールを一口飲んで話を続けた。

「最近増えてるのよ、シニア婚活。昔より寿命が延びたのと、男女とも独身が増えてて、五十歳の未婚率が男性で二十％強、女性で十％強ですって。つまり五十歳以上の男は五人に一人、女は十人に一人は未婚なのよ。ビックリしちゃった」

「意外と多いのねえ」

「あと、配偶者に先立たれたり、離婚したりして一人暮らしの人。子供がいても独立して別居してたら寂しいし。この先ずっと一人で暮らすより、気の合ったパートナーと暮らしたい……」

「まさに後藤さんじゃん」

「でしょ？」

要はフランス風オムレツに箸を伸ばした。

「万里、どんどん腕上げてるじゃん。プロみたい」

「だろ？」

二三も珍しく冷蔵庫から缶ビールを取ってきた。今夜は何となく呑《の》みたい気分だった。

「確かに、後藤さんは良い相手がいたら再婚するのが良いかもしれないわね」

「ただ、シニア専門の結婚相談所で聞いたけど、成婚率はあんまり良くないんだって。五～六％らしいよ」

「年取って頑固になるからかしら？」

「一番のネックは子供。ほら、結婚すると相続権が出来るじゃない。あと、お墓とか介護とか、ややこしい問題が起きるんで、籍入れないで事実婚にする例も多いんだって」

「シニアも男はやっぱり若くて美人、女は金持ちが好き？」

二三の問いに、要は顔をしかめた。

「金持ってるジジイなんか、条件は三十歳以上年下、若い分には二十代の女性でも構わないって。私、口説かれちゃって、グーで殴ってやろうかと思ったよ」

「そういうジジイが後妻業に引っかかるんだよ」

万里も露骨に顔をしかめた。

「ただ、ほとんどの男性は女性に身の回りの世話をしてもらいたい、将来は介護してもらいたいって希望するし、女性は男性に経済力を求める。これは良い悪いの問題じゃなくて、普遍的なんだと思う」

要は二三と一子の顔を等分に見て言った。

「だから、後藤さんは条件として悪くないと思うよ。婚活してみるのも良いんじゃないかな？」

「でも、性格的にどうかしら。婚活なんて、プライドが許さないような気がする」

「何しろ、出不精だからね」

「こればっかりは魚政のおじさんに引っ張ってってもらうわけにいかないもんね」

「あら、おじさんだったら行きたがるんじゃない？　おばさんに内緒で。野次馬根性旺盛《おうせい》だから」

四人はそれぞれ山手の行状を思い出し、笑い合った。

「今の若い子はみんな大人しいよねえ」

万里の差し出す生ビールのジョッキを受け取って、後藤がしみじみと言った。

「どうしたんですか、急に？」

「いや、ほら、ブラックバイトって言うやつ。餌食《えじき》になる若い人が大勢いるらしいから」

「どなたかお知り合いが被害に遭われたんですか？」

二三がお通しを置いて尋ねると、後藤は苦々しげに頷いた。

「若い……昔の部下の子供がね。大学生で、コンビニのバイトに応募したら、週三日勤務の約束だったのが、パートが急に二人辞めた途端にその分も肩代わりさせられて、ひどい目に遭ったらしい。就職活動始める時期なのに、試験前も長時間勤務させられて。それで単位落としたら卒業が危ないって言うんだ」

「そんなの、シフト増やされた段階でバックレちゃえば良いじゃないですか」

万里が言うと、後藤は「その通り」と頷いた。

「で、その学生さん、どうなったんですか？」

「当然、辞めさせたよ。いや、親が。警官だからね。四の五の言ったら親が出るって言って」

康平が中華風冷や奴を注文して言った。

「万里はバイト経験豊富だから、ブラックもあっただろう？」

「俺はあんまり。ただ、友達で塾講師やった奴はぼやいてた。授業以外はバイト代払ってくれないのに、試験問題の採点やら報告書の作成やら、ただ働きいっぱいさせられたって」

「バイトじゃないけど、ファッション関係は自社ブランド買わないといけないのよね」

二三の勤務していた大東《だいとう》デパートでも、ブランド店の店員はシーズン毎《ごと》に服を買わされていたようだった。店員割引はあったろうが、それでも痛い出費だったはずだ。

「コンビニも恵方巻やクリスマスケーキはノルマがあって、達成できないと自腹で買わされたそうですよ」

後藤が憤懣《ふんまん》やるかたないといった調子で続けた。

「それに、レジの金額が合わないと、足りない分はバイト代から天引きされたそうです。

常識じゃ考えられない。言語道断ですよ」

　後藤は生ビールのジョッキをドンと置いた。

「でも、バイトなんでしょ？　就職した会社なら分るけど、バイトでどうしてそんな理不尽な要求を呑んじゃうのかしら？」

「学生のアルバイトも、昔とは違ってるんですよ」

　後藤の声に同情が籠もった。

「昔は遊ぶ金ほしさが多かったですが、今は生活費のためなんです。親の経済状態が悪くなって、地方から来てる学生は、バイトしないと生活できない子も多いんですよ。だから雇う方も足下見て、阿漕《あこぎ》な真似《まね》をする。悪循環ですよ」

「気の毒ですねえ」

　二三は思わずガス台の前に立つ万里を盗み見た。父は中学校校長、母は高校教師。齧《かじ》り甲斐《がい》のある臑《すね》を持つ両親の家に同居している万里は、本当の意味で生活に困ったことがない。だからちょっと気に入らないとすぐにバイトを辞め、新しい仕事が見つかるまで家でブラブラしていることが出来た。

　しかし、後藤の話に登場する苦学生たちは違う。それこそ生活がかかっているので、おいそれと辞められない。次のバイトが見つかるまで、収入源を失うのが怖いのだろう。

「はい、おじさん。久々のコンビーフ入りスクランブルエッグ」

「おお、懐かしいなあ。元気だったか？」

山手は万里から皿を受け取ると、嬉々《きき》として食べ始めた。

「おばちゃん、久しぶりに海老フライ揚げて。それから締めは普通のご飯と味噌汁《みそしる》・お新香セットで」

「はい、海老フライ定食ね」

一子は冷蔵庫から海老を出そうとして、カウンターを振り向いた。

「政さんと後藤さん、海老フライどうなさる？」

「あ、もらう。俺も定食セットで」

「タルタルソース、多めでお願いします」

山手と後藤は声を揃《そろ》えた。本人たちは気が付いていないが、締めのご飯は二人とも康平に釣られる傾向がある。

その日のランチタイム、一時を少し過ぎた頃、はじめ食堂の戸が開いた。既に三原と梓は来店していたので、もしかして新客かと、二三はカウンターから首を伸ばした。

「いらっしゃいま……後藤さん？」

「こんにちは」

後藤は少し遠慮がちに入ってきた。

「昼間はお珍しいですね。どうぞ、お好きなお席に」

「どうも」

後藤は一番隅の席の椅子を引いた。

二三が麦茶とおしぼりを運んでゆくと、メニューを見ていた後藤が声を弾ませた。

「ああ、例の鯛飯と鯛茶ですね」

「はい。どちらを差し上げましょう？」

「じゃあ、鯛飯で。鯛茶は夜一度食べたから」

「はい。お待ちください」

鯛飯も鯛茶もゴージャス感満載だが、熱々のご飯の上にタレに漬けておいた刺身を並べて薬味をトッピングするだけなので、極めて簡単だ。出汁と卵は別の容器で出し、二通りの美味しさを楽しんでもらうようにした。

今日の小鉢は白菜のお浸しと小ガンモの含め煮、味噌汁は豆腐とナメコ。小ガンモは築地の花岡商店《はなおかしょうてん》で買ってきた。

「ああ、美味いなあ」

後藤は豪快に鯛飯をかき込んだ。待たされるのが嫌いと言うだけあって、食べるのも速い。昼間はお酒がないから、その分更に速くなる。ものの十分ですべてきれいに平らげてしまった。

もしかして、警察官って、早食いになるのかしら？

チラリとそんなことを思い、麦茶のお代わりを注ぐと、後藤が遠慮がちに切り出した。

「あのう、奥さん。大変ぶしつけなことをお伺いしますが……」

「はい？」

「この店を開くのに、いくらくらい掛かったか、教えていただけませんか？」

藪《やぶ》から棒に、確かにぶしつけな質問ではあったが、二三は後藤が額に汗を浮かべているのを見て気の毒になった。本当はこんなことは訊《き》きたくないのに、事情があって仕方なく尋ねているのだ。

「後藤さん、この店は亡くなった舅《しゅうと》の先代から受け継いだので、土地代が掛かっていないんですよ。内装工事や厨房設備、備品や食器、什器《じゅうき》のお金なら分りますけど、それだけで参考になりますか？」

「あ……そうですよね」

後藤は恥ずかしそうに視線を逸《そ》らした。

「どなたか、食べ物屋を始めるご予定でも？」

「……はあ。私の知り合いが、スープ春雨の専門店を始めたいそうなんです。もちろん、まだ先の話ですが。で、取《と》り敢《あ》えずだいたいどの程度の資金が必要か、ざっくりとでも分ればと思いまして」

「場所は何処にするか、もうお決まりなんですか？」

「それも含めて、調べようと。まあ、一等地は高いですから、最初から候補に入れてませんが」

「やっぱり、不動産屋さんでお聞きになるのが一番確実ですよ。場所が決まったら、土地の不動産屋を回って……」

　言いかけて、二三は微笑した。

「こんなこと、後藤さんには釈迦《しゃか》に説法でしたね」

「いや、どうも失礼しました」

　後藤は代金を払い、そそくさと席を立った。

「なるほど。それで後藤さん、あんなに春雨に詳しかったんだね」

　万里が食器を下げながら、二三と一子に言った。

「新しい店始めるなんて、久々に景気のいい話じゃない」

　梓が食後の煙草《タバコ》を取り出した。

「しかし、スープ春雨の専門店となると、場所を選びますねえ」

　三原が感想を口にした。

「意識高い系の人の集まる場所じゃないと、難しいでしょうねえ」

　梓が応じた。一子も二三も同感だった。

「やっぱり政さんが言うように、佃や大島じゃ無理だろうね」

「ラーメン屋は何処でも大丈夫なのにね」


それからも後藤は週に何度かはじめ食堂に通ってきた。山手と一緒が多かったが、時には一人のこともあった。

そして、後藤と言えば〝出不精〟が代名詞だったのに、近頃はあちこち出歩いているらしい。酒飲み話に「どこそこへ行ってきた」という台詞が度々登場するようになった。

何より、後藤自身が明るくなった。無愛想で内に籠もるタイプだったのに、どことなく自信に満ちて、幾分若返ったように見えるほどだった。

「彼女でも出来たんですか？」

とはさすがに訊けなかったが、もしそうだったら良いのにとは、二三も一子も思っていた。

有り体に言えば後藤は孤独な独居老人だった。家族に恵まれているはじめ食堂の常連の中では、一番幸せから遠くにいる。少しでも幸せになってくれるなら、誰《だれ》もが心から祝福しただろう。

毎日何の変哲もなく日々は過ぎ、夏の続きのようだった九月も秋に近づいていった。

そして、ある夜のこと。

「ストーカー被害ってのも、なくならないねえ」

康平がその日報じられたニュースを話題に載せた。

「イジメと同じだよ。人が大勢集まりゃ、カスも出る」

リクエストのアジフライを揚げながら、一子が言った。

「だけどなあ、昔は男は押しの一手とか言っただろ？　つれなくされてもめげずにアタックしてさ。今、それやったらストーカー呼ばわりだからな」

キノコ入り卵焼きをつついて山手がぼやいた。

「政さんは奥さんに猛烈アタックしたもんね。うちの兄も兄嫁を半年がかりで口説き落としたけど、今の時代ならストーカーだと思われたかも知れないね」

すると後藤が憤然として言った。

「いや、本物のストーカーは、そんな牧歌的なモンじゃないですって」

みんなハッとして後藤を注目した。

「嫌がらせのメール送り続けたり、アパートの鍵穴《かぎあな》に瞬間接着剤入れて使えなくしたり、SNS使って悪い噂《うわさ》広げたり、そりゃもう陰湿なんです」

「もしかして現役時代にストーカー事件を扱ったことあるんですか？」

万里が興味津々で尋ねた。

「いや、事件としてはないんだが、個人的に相談されてね」

「ひょっとして、スープ春雨の人?」

「いや、別口で。知り合いの友達の妹さんが、ひどい目に遭って」

バイト先の上司に一方的に恋愛感情を持たれ、怖くなって退職したが、その後もしつこく電話やメールがあった。無視していたが、嫌がらせはエスカレートする一方で、とうとう駅で待ち伏せされるまでになった。

「それで、俺が出てって話つけるって言ったら、さすがに向こうもまずいと思ったらしくて、付きまといはピタリと止《や》んだと」

「それはすごいなあ」

「ストーカーだって警察を敵に回したくないものね」

康平と二三が褒めると、後藤はいささか得意げに胸を反らした。

「結局、被害者を舐《な》めてるんですよ。イジメだってストーカーだって、反撃される恐れがないと思うから手を出すんであって、手強《てごわ》い相手だと思ったらやらないですよ」

その言葉が終わらないうちに、ガラリと戸が開いて四十歳くらいの女性が入ってきた。

その顔を見て山手が目を丸くした。

「渚《なぎさ》ちゃん?」

後藤の一人娘の渚だった。山手が「今時分、急にどうしたの?」と言う前に、渚は後藤に詰め寄っていた。

「お父さん、城東信金《じょうとうしんきん》の定期解約するって、どういうことッ⁉」

後藤が驚いて言葉を失うと、渚は更に畳みかけた。

「城東のお父さんの担当者、江森有紀《えもりゆき》、私の中学高校の同級生。親友なの。だから解約の申し込みにビックリして、知らせてくれたのよ。ねえ、いったいどういうこと？」

渚はすっかり頭に血が上っている状態で、顔が引《ひ》き攣《つ》って目が据わっていた。

「まあ、落ち着いて。お水をどうぞ」

二三がコップを差し出したが、渚は目に入らない様子だ。

「答えてよ、お父さん！」

山手が椅子から立ち上がり、渚を見つめてやんわりと、しかし断固たる口調で言い放った。

「そこまでだ。場所柄をわきまえなさい」

渚はきっと山手を睨《にら》んだ。

「ここはみんなの憩いの場だ。親子喧嘩《おやこげんか》は家に帰ってやりなさい。それともう一つ、ここは社交の場でもあるんだ。あんたは自分の父親の大事な社交の場で、親の顔に泥を塗ってるんだよ」

さすがに渚も気が付いたらしく、バツの悪そうな顔で目を伏せた。

「どうも、お騒がせしました」

後藤も席を立ち、誰にともなく頭を下げた。

「いっちゃん、ふみちゃんも、明日また」

山手は後藤父子《おやこ》を促し、先に立って店を出た。その態度があまりにも自然で堂々としていたので、後藤父子の問題は山手と関係ないことなど、誰も気が付かなかった。


翌日の昼間、三原が焼き魚定食を食べ終え、梓が食後の煙草に火をつけたとき、ガラス戸が開いてまず山手が、そして後ろに隠れるようにして後藤と渚の父子が、はじめ食堂に入ってきた。

「いらっしゃい」

山手が片手を振った。

「今日は客じゃないんだ。ちょっとお邪魔するよ」

山手と後藤はカウンターに近いテーブルに腰を下ろした。渚は立ったままでカウンターの中の二三たちに向い、深々と頭を下げた。手に小さな旅行バッグを提げている。

「昨夜はお仕事中に大変なご迷惑をお掛けしました。本当に申し訳ありませんでした」

昨夜は目を吊り上げて凄《すさ》まじい形相だったが、今は憑《つ》き物《もの》が落ちたように、すっかり柔和な顔つきに戻っていた。

「私、娘の私に何の相談もなく定期を解約すると聞いて、父に女が出来たんだと思って、頭に血が上ってしまったんです。昨夜、山手のおじさんが間に入ってくださって、事情が分りました」

渚はいたわりの籠もった眼差《まなざ》しを後藤に向けてから、二三たちに目を戻した。

「今はとても反省しています。私は自分のことにかまけて、父を放《ほ》ったらかしてきました。それなのに、お金が絡むと大阪から飛んできて……本当にお恥ずかしい限りです」

「まあ、何と言っても親子ですからね。ご心配なさるのも無理ないと思いますよ」

一子の言葉に、渚はもう一度頭を下げた。

「私、これから新幹線で帰ります。どうか、これからも父のことをよろしくお願い申し上げます」

渚はそのまま身を翻し、店を出て行った。

山手がカウンターの三人に向って言った。

「というわけで、昨日の顚末《てんまつ》を報告しとこうと思って」

「それはわざわざ」

一子は二人の席に麦茶を運んだ。

「でも、お気になさらないでください。後藤さんがお話しになりたくないなら、それで結構ですよ」

「いや、聞いて下さい」

後藤が意を決したように背筋を伸ばした。

「情けない話ですが、私はどうも、詐欺のカモにされていたようです」

「ええっ！」

二三も一子も万里も同時に声を上げた。

三原と梓は遠慮して席を立とうとしたが、後藤はそれを制した。

「お二人もご一緒に聞いて下さい。私みたいな目に遭わないために」

始まりはスマホの間違いメールだった。人違いを指摘するとすぐにお礼とお詫びのメールが届いた。それに「僕は二十一歳の大学生です。ご親切なあなたはどんな方ですか？」と続いた。

後藤は何の気なしに「七十三歳の元公務員です」と返信した。

「地方から出てきて東京で一人暮らしです。奨学金とバイトで何とかやってます。父は子供の頃に亡くなり、母は再婚しました。僕はひとりぼっちです。あなたは優しかった祖父みたいだ。メル友になってくれませんか？」

青年は香川良明《かがわよしあき》と名乗った。

「それを読んだとき、大袈裟ですが運命を感じました。良明は、亡くなった息子の名前なんです」

後藤は警察学校を出てから寮生活で、結婚後は官舎に入居した。佃に戻ってきたのは定年後なので、二三も一子も後藤の息子には会ったことがない。

「野球部で、甲子園を目指してました。予選落ちでしたが、大学でも野球を続けて……」

二十一歳になったばかりの夏休み、部の練習に出掛け、それきり帰らぬ人となった。いわゆる突然死で、原因は分らない。何の前触れもなく心臓が止まってしまったのだ。

香川良明は「僕も高校時代は甲子園を目指していました。二回戦で負けましたけど」とメールに書いてきた。

後藤は次第に亡くなった息子の面影を香川に重ねるようになっていった。

「借りていたスマホを返してしまったので、このアドレスを使わないとメールが出来ません。すみませんがメール代を負担していただけないでしょうか?」

一週間後にはこんなメールが送られてきた。それは一回の通信料が五百円掛かるサイトだったが、後藤は迷わず承知した。苦学生を助けてやりたい一心だった。

香川は後藤を「テルさん」と呼んだ。「将来はスープ春雨の店を開きたいんです」と夢を語り、「実は僕の友人がブラックバイトに引っかかって困ってるんです。頼りになる大人はテルさんしかいません。相談に乗ってあげてくれませんか?」と、友人を紹介した。

その友人は後藤の助言を受け、「本当に、テルさんの言うとおりにしたら、未払いだった給料払ってもらえました。まるで魔法使いみたいですね」と持ち上げ、「これからも色々相談に乗ってもらえませんか?」と頼ってきた。

次はその友人の妹がストーカー被害を受けているというメールが来て、これも後藤が助言すると解決した。感謝した妹とも「今メールしましたけど、返事がないからもう一度。何処か具合悪いんですか?」「今日のお昼は何を食べましたか?」「お料理が上手だったらテルさんのお夕飯を作ってあげるのに」など、他愛もないメールを頻繁に遣《や》り取《と》りするようになった。

複数の若者に頼られ、尊敬され、褒められる毎日は、後藤の孤独を癒《い》やし、心を蕩《とろ》かしていった。

そしてついに香川から来た「もう二度とない好条件の物件です。これで念願のスープ春雨の店が開けます。どうかお願いします、開店資金を貸して下さい。もちろん、借りたお金は必ず、どんなことをしてもお返しします。僕にはテルさんしか頼める人がいないんです」というメールに、定期預金を解約する決心をした。

「昨夜娘と、山手を交えてじっくり話し合いました。そうしたら、自分が詐欺グループに取り込まれていたことに気が付いたんです」

彼らとのメールの遣り取りで、既に百万近い預金が口座から引き落とされていた。

「メールに金が掛かることは知っていても、夢中になっている最中は全然気になりませんでした。今になってやっと、愕然《がくぜん》としています。いい年をして、情けないことです」

「そんなことありません!」

二三は思わず声を張った。

「私だって後藤さんみたいな立場だったら、引っかかってると思います。若い人にチヤホヤされたら、誰だっていい気になります」

梓も後に続いた。

「私だって他人事《ひとごと》じゃありません。今は仕事がありますけど、引退して一人暮らしだったら、絶対につけ込まれると思います」

三原が同情を込めて言った。

「つまり後藤さんは催眠術に掛けられていたんです。催眠術は、掛かっている間は術者の言いなりで、自分の意志はないんです。だから現実を見ることが出来ないのは当然ですよ」

「渚ちゃんも反省してたよ。父親は決して軽率な人間じゃない。警察官として積み上げてきた人生経験だってある。自分がもう少し頻繁に連絡を取り合っていれば、こんな詐欺に引っかかることはなかったって。今度のことは自分にも責任があるって、昨夜は泣いてたんだ」

一子は後藤の前に進み出た。

「後藤さん、何も恥じることなんかありません。苦労している若者を助けたい一心でしたことです。ご立派な心がけじゃありませんか。恥じるべきは、あなたの優しい気持ちを利用した詐欺師たちですよ」

「お姑さんの言う通り。私、今度のことで後藤さんを見直しました。ぶっきらぼうだけど、とても優しい方だって」

後藤は目を潤ませた。

「皆さん、本当にありがとうございます」

山手が後藤の肩をポンと叩いてニンマリした。

「だからさ、後藤よ。俺と一緒に社交ダンスやろうぜ」

第三話 愛は味噌汁

「残暑とか言ってたけど、十月になるとやっぱり秋を感じるわね」

三升の米を研ぎながら、二三《ふみ》は誰にともなく口にした。

今日は昨日より明らかに水が冷たい。不思議なことに、こうして水を冷たいと感じた日を境に、秋は駆け足で深まって行く。春の訪れが「何となく」「いつの間にか」だったのと対照的に、秋は「ある日突然に」訪れる……。

「今時分は一年でも一番気持ちが良いね。暑からず寒からずで、空気はカラッとしているし」

応じる一子《いちこ》も漬け物を切る手を止め、ガラス戸越しに外へ目を遣《や》った。

「でも、これから冬が来ると思うと、何となく寂しいな」

「おばちゃん、食欲の秋じゃなくて、もの思う秋なの？」

万里《ばんり》がサンマの開きを焼きながら二三をからかった。

「いくらもの思っても、少しも痩《や》せないのが悔しいのよねえ」

二三は研いだ米をザルに上げ、五升炊きの釜《かま》に移した。水加減がすむとすかさず万里がやってきて、釜を持ち上げてガス台に置いてくれる。まだまだ三升くらいの米ではビクともしないが、万里の心遣いは嬉《うれ》しい。ありがたく甘えることにしたのは去年の初めからだった。

「万里君は、読書の秋？」

ぶり大根の味を見て、醬油《しょうゆ》を足した一子が訊《き》いた。

「ま、それは一年中。秋はやっぱり行楽シーズンかなあ」

万里は今でこそはじめ食堂の若頭だが、元々は小説家志望だった。「時間が勿体《もったい》ない」という理由で就職して一年で会社を辞めて以来、何をやっても長続きしないニート青年でもあった。

「行楽って、万里君世代だとなあに？」

二三が秋の行楽で思い浮かぶのは家族でピクニックと、紅葉《もみじ》狩りや果物狩りのバスツアーくらいだ。

「ま、ドライブかな。彼女と二人で紅葉のきれいな温泉とか」

「あらあ、結構じじむさいわねえ。海外とか豪華ホテルのスイートとかじゃないの？」

「いつの時代の話？　ゆとり世代はこんなもんだって」

軽口を叩《たた》き合《あ》いながらも開店準備は着々と進んでいる。焼き魚・煮魚・味噌汁《みそしる》は完成し、二種類の小鉢の盛り付けも終わった。

今日の定食セットは大根と油揚げの味噌汁・ナスとカブの糠漬《ぬかづ》け・モヤシとニラの中華風お浸し（ゴマ油を掛ければ即中華風）・餡《あん》かけ豆腐（鶏《とり》そぼろ入り）・サラダ（レタス・キュウリ・セロリ・トマト・ブロッコリー）。

そして煮魚はぶり大根、日替わりが牡蠣《かき》フライという二大人気メニューである。昨日予告したら、予約するお客さんが何人も出た。

「夜にも回すつもりだったけど、完売の恐れありね」

「ぶり大根は何とかなるよ。魚政《うおまさ》で買って追加すれば」

「今度から、牡蠣はもっと強気で仕入れようよ。フライで余ったって、牡蠣豆腐とか土手《どて》鍋《なべ》とか出来るし」

「あら、万里君、ずいぶんと洒落《しゃれ》た料理知ってるのね」

「牡蠣と豆腐のオイスターソース炒《いた》めとかね。どれも酒に合うし、これからの季節にぴったし」

二三は一子と顔を見合わせた。確かに、どれも夜の居酒屋メニューにもってこいだ。

「勉強家だ。偉いね、万里君は」

「ホント。いつの間に知識を蓄えたの？」

「ま、男子三日会わざれば刮目《かつもく》して見るべしってね」

万里は得意そうに胸を反らせた。褒められると素直に嬉しがるところが可愛《かわい》い。

二三はふと、万里がはじめ食堂で働き始めて二年が経《た》っていることに気が付いた。

そうだ、いっそ調理師免許を取らせたら……。

実務経験が二年あれば、ペーパーテストだけで調理師免許を取得できる。二三も食堂の仕事に就いた二年後に試験を受けて合格した。正解率六十パーセント以上が合格ラインなので、決して難しい試験ではない。二三が受験勉強に費やしたのは一ヶ月ちょいだった。

タイマーが鳴った。ご飯が炊き上がり、蒸らしも終わった時間だ。

いつものように二三はご飯をジャーに移し、釜の底に残ったご飯でゴマ入りのおにぎりを四個作った。

二三と一子は一個、万里は二個。食べ終わると開店時間が来る。

「いらっしゃいませ！」

三人は声を揃《そろ》えて入ってくるお客さんを迎えた。


「お久しぶり～。半年ぶりの再会だわ」

野田梓《のだあずさ》は牡蠣フライ定食を前に顔をほころばせた。牡蠣フライは十月から翌年三月までの秋冬限定メニューである。

「それがまた、季節を感じさせて良いんですよ」

三原茂之《みはらしげゆき》がはじめ食堂自慢の自家製タルタルソースをたっぷりフライに付けて言った。健康のためにサラダにはノンオイルドレッシングを掛けるのだが、このタルタルソースは決して残さない。

もちろん、二人とも昨日から牡蠣フライを予約してある。

「でも、ふみちゃん、牡蠣フライとぶり大根の競演はやめてよ。悩んじゃうからさ」

「そうそう。私もハムレットの心境でしたよ」

「ごめんなさいね。昨日築地《つきじ》に行ったら、ぶりも安かったのよ。だからつい、出来心で」

「まっ、しょうがないか。ぶり大根は夏でも食べられるし」

梓は牡蠣フライにかぶりついた。牡蠣フライは五個付けだが、タルタルソースで食べるのは二個、残り三個はゆずポンを掛ける。そして余ったタルタルソースはちょっぴり醤油を垂らし、ご飯に載せて食べるのが梓の好みだ。

梓が食後の煙草《タバコ》を取り出したタイミングで、二三はテーブルに行ってほうじ茶のお代わりを注《つ》いだ。

「ねえ、夜のメニューなんだけど、牡蠣豆腐・土手鍋・牡蠣と豆腐のオイスターソース炒めなんて、どう思う?」

「悪いわけないじゃん。店がなかったら食べに来たいわ」

梓はクラブ勤めで、はじめ食堂はランチ専門である。

「みんな、日本酒に合いそう。ぬる燗《かん》が良いわねえ」

「牡蠣酢も良いですよ。ほのかに柚《ゆず》を香らせて……」

三原まで釣られてうっとりした顔になる。

「どれもみんな割烹《かっぽう》風のメニューですが、これから店で出されるんですか?」

「はい。万里君が提案してくれたんで」

嫁と姑《しゅうとめ》は声を揃えた。

「良い牡蠣が入ったら、三原さんお勧めの牡蠣酢も挑戦します」

万里も嬉しそうに付け加えた。

「今年の冬のはじめ食堂は、牡蠣が目玉になりそうね」

「良いですねえ。また一つ楽しみが増えた」

常連の二人はお茶を飲み干し、小さく笑みを浮かべた。


「でさ、牡蠣フライは一人前しか残ってないから、おじさんたち三人で分けてよ」

その夜、例によって口開けの客となった辰浪康平《たつなみこうへい》・山手政夫《やまてまさお》・後藤輝明《ごとうてるあき》の三人は「牡蠣フライ!」と注文した途端、万里にこのセリフを返された。

「何だ、楽しみにしてたのに」

「ごめんなさいね。何とか政さんたちのために二人分は確保しようと思ったんだけど」

「この秋初の御目見得《おめみえ》なんで、皆さん牡蠣フライだったんですよ」

姑と嫁は申し訳なさそうに説明した。

「万里、お前、昼の賄いに牡蠣フライ喰《く》っただろう?」

「当たり。康平さん、鋭いね」

「お前は俺《おれ》のために牡蠣フライを我慢しようって気にはならなかったの?」

「全然」

しれっとした口調に、康平は苦笑するしかない。

「だって、俺が食べられる数少ない魚介類なんだもん。それに、牡蠣フライ半年ぶりだしさ」

万里は尾頭《おかしら》付きの魚は鯛《たい》からシラスまで一切食べられないのだが、海老《えび》・蟹《かに》などの甲殻類、イクラ・タラコなど魚卵、ホタテなどの貝類やウニは大好物である。寿司屋ではイクラとウニをメインに海老・蟹・ホタテを食べまくるので、二三も滅多なことではご馳走《ちそう》してやれない。

「みなさん、その代り、ぶり大根は在庫ありよ」

一子がカウンター越しに声をかければ、二三も脇《わき》から加勢する。

「味が染みて、お昼より美味《おい》しくなってますよ」

「じゃ、俺はぶり大根。早い方がいいや」

後藤はあっさり注文を変えた。

「牡蠣フライ喰おうと思ったらぶり大根が出てくるってのは、ラーメン屋でカレー喰うようなもんか?」

山手は未練たっぷりだが後藤は取り合わない。

「良いんだよ、美味《うま》きゃそれで」

万里はカウンターに生ビールのジョッキを置き、二三はお通しの餡かけ豆腐の小鉢を並べた。

「へえ。洒落てるねえ」

「良いでしょ。根岸《ねぎし》の『笹乃雪《ささのゆき》』の真似《まね》。先週の日曜日、みんなで食べに行ったの」

笹乃雪は創業元禄《げんろく》四年、赤穂《あこう》浪士が店を訪れた記録があり、明治時代の文人墨客にも愛された、豆腐料理の老舗《しにせ》である。

「今度さ、牡蠣豆腐と土手鍋もメニューに載せようと思うんだ」

「良いなあ。酒の肴《さかな》にピッタリだ。汁物は日本酒に合うんだよ」

湯気の立つぶり大根の皿が目の前に置かれると、康平は早速日本酒に切り替えた。

「おじさん、今日は新作の卵料理があるよ」

「おう、いただき」

山手は二つ返事で注文した。職業は魚屋だが、卵に目がないのだ。

万里は早速生姜《しょうが》をみじん切りに、長ネギを細切りにした。フライパンに油を入れ、生姜を炒める。香りが立ったらネギと解凍した小海老を加え、軽く塩を振る。そこへ中華風調味料で味を付けた溶き卵を流し込み、オムレツにすれば出来上がり。卵にゴマ油を数滴垂らしておくのがミソだ。

「題して長ネギと小海老の中華風オムレツ！」

「良い匂《にお》いだ……」

生姜とゴマ油の香りは中華の夢に誘う秘薬のようだ。

「これ、生姜風味の餡かけにしても美味いんだよ。ご飯に載せると、酸っぱくない天津丼《てんしんどん》みたいになる」

「俺は天津丼よりこの方が好きだ。卵の甘い味が良く分かって」

山手は端っこを後藤に分けてやると、後は夢中でオムレツを口に運んだ。

「万里、俺も締めにその、酸っぱくない天津丼くれ」

「はいよ」

康平は最後は必ずご飯もので締める。

一子と二三は後藤と山手の前にポテトサラダ、キュウリとワカメと茗荷《みょうが》の酢の物（蟹肉入り）、チンゲン菜とキクラゲの炒め物を運んだ。一人暮らしの後藤の栄養バランスを考えて、野菜たっぷり、タンパク質多めのメニューを選んでいる。今では後藤もすっかり言いなりで、出された物は何でも美味しそうに食べて帰る。

「そうそう、後藤さん、その後ダンスの方は如何《いかが》です？」

後藤は山手に強引に誘われて、先月から社交ダンス教室に通い始めたはずだ。

「いや、いっちゃん、それがさ」

山手の方が身を乗り出してきた。

「こいつ、筋が良いんだよ。ステップなんかすぐ覚えるし、ホールドしても上体が全然ふらつかないし」

「まあぁ」

後藤は無骨一辺倒の元警察官で、ダンスとはまるで縁がないはずだ。意外なことを聞いて、二三と一子は顔を見合わせた。

「そう言えば、後藤さん、姿勢が良いですよね」

「そうだわ、剣道をやってらっしゃったのよね？　だから背筋が伸びてるんじゃないかしら」

「はあ、まあ。仕事柄です」

後藤は面映《おもは》ゆそうにツルリと顔を撫《な》でた。

「アスリートって、体幹がしっかりしてないとダメなんだよ。陸上も球技も格闘技も、みんな同じ。上手《うま》い選手って、どんなに速く動いても、体幹ぶれないもんね」

康平の「中華風卵丼」を作りながら、万里も口を出した。

「そう言や、万里、和風オムレツも作るんだろ？」

「うん。今、考え中」

「楽しみにしてるからな」

山手の言葉は一種の社交辞令だが、それでもその一言が料理を作る者の背中を押し、やる気を引き出してくれる。

ニート時代の万里には、こんな風にさりげなく温かい言葉を掛けてくれる人が周囲にいなかったのだろうと、今の万里を見ていて、二三はそう思うのだった。

「大変！　福引き当たっちゃった！」

その夜、すでに閉店したはじめ食堂に帰ってくるなり、要《かなめ》は賄いのテーブルに駆け寄った。

「福引き？　何処《どこ》で？」

「取材で行った下町の商店街。運試しに引いたら一等賞！」

「もしかして、賞品は世界一周？」

「バカだねえ。このご時世に、そんな金持ちの商店街が何処にあるのよ？」

「アラブとかありそう」

「万里の耳はロバの耳？　下町の商店街ってつってんだろ」

要と万里は、会えばジャブの応酬のように軽口の遣《や》り取《と》りになる。

「で、賞品は何なの？」

適当なところで二三が割り込み、話を先へ進めるのもお決まりだ。

「はとバスツアー！」

はとバスツアーとはバスで巡る観光のことだ。

「しかも四人分よ。万里も入れて、みんなで行こう」

要は大きなショルダーバッグを開けて中をゴソゴソかき回した。

「俺、一度言おうと思ってたんだけど、お前、どうしていつもそんなデカいバッグ持ってんの？　二泊三日出来るぞ」

「編集者は荷物が多いのよ。……あった！」

やっとチケットの入った封筒を取り出した。

「コースは色々あってね。みんなで検討して、一番面白そうなツアーを選ぼうよ」

今度はパンフレットの束を取り出し、テーブルに置いた。

「旅行代理店でもらってきちゃった。選んだコースがチケット代より高い場合は、差額払えばOKだって」

要がテーブルの上にパンフレットを広げると、四人は額を寄せ集めて紙面に見入った。

一日の日帰り旅行コースと半日コースがあり、半日コースは昼と夜があって、内容は豊富に取り揃えられている。名所旧跡や下町探訪、クルーズ船遊覧、吉原観光、ニューハーフのショー観覧と、東京観光の見本市のようだ。

「まあ、色々あるのねえ」

「長年東京に住んでるのに、知らないとこばっかりだよ」

一子は溜息《ためいき》を吐《つ》いた。

無理もない。ほとんどの人は自分の生活圏内しか移動しない。東京で生まれ育っても、東京タワーに登ったことのない人は大勢いる。一子が生まれ故郷の銀座周辺と佃《つくだ》以外に土地勘がなくても、決して不思議ではないのだ。

「おや、まあ、きれいだこと」

一子が目を留めたのは、宝塚のような華麗なレビューの写真だった。きらびやかな照明を浴び、大きな羽根飾りを付けたレオタード姿の美女たちが、艶然《えんぜん》とポーズを取っている……。

「〝ホテルビュッフェと六本木『風鈴』の夕べ〟。お祖母《ばあ》ちゃん、これ、ニューハーフ・ショーだよ。良いの？」

「ミスター・レディとか言うんだろ？　冥土《めいど》の土産に一度観《み》てみたかったんだよ。これにしよう。差額はお祖母ちゃんが出すからね」

一子は笑顔で請け合った。

「俺も行こうかな」

はとバスの話をすると、康平がすぐに乗ってきた。

「ねえ、せっかくだから、おじさんたちも一緒に行こうよ」

「ニューハーフって、要するに野郎だろ？　遠慮するよ」

山手は露骨に眉《まゆ》をひそめ、後藤は黙って頷《うなず》いた。

「関係ないよ。嫁にもらうわけじゃないんだから」

康平は上体をひねって山手に向き直った。

「こういうのは参加することに意義があるんだよ。おじさんたちも見聞が広がるって。行こう」

それから後藤に目を移した。

「『風鈴』のレビューはダンスショーだから、社交ダンスの参考になりますよ。観ておいて損はないんじゃないですか？」

すると後藤の態度に変化が現れた。

「どうする？」

促すように肘《ひじ》でつついたので、山手は驚いて眉を吊《つ》り上《あ》げた。後藤は出不精で、日頃《ひごろ》は自分からは何処にも行きたがらないのに。

「いや、お前が良いなら、俺は構わんけどさ」

山手は渋々同意を示し、いくらか戸惑った目を康平に向けた。康平は一子と二三に、素早くウインクした。きっと、後藤が一人寂しく過ごす日曜日の夜を、少しでも明るくしてやりたいと思っているのだろう。二三も一子も同感だった。

「良かった。大勢の方が楽しいですよ」


当日は東京駅丸の内南口に夕方五時までに集合し、十分後に出発。赤坂のホテルでビュッフェスタイルの夕食を取り、六本木に移動して「シアター・レストラン風鈴」でショーを観覧。バスで出発地点に戻って午後九時二十分に解散となる。

丸の内南口のはとバス乗り場には、黄色いバスが何台も駐車していて壮観だった。夜コースだけでもこれほど需要があるのは、東京観光の王道なのだろう。

はじめ食堂の一行は、物珍しげに周囲を見回した。個人で参加している人もいれば、町内会や会社の仲間らしい団体客もいる。二度目、三度目というリピーターもいた。

最後に女性のガイドが乗り込んで、バスは出発した。

「皆さま、本日はようこそ〝はとバス夜の観光コース　ホテルビュッフェと六本木『風鈴』の夕べ〟へお越し下さいました。わたくしは皆さまのご案内役、バスガイドの高橋由《たかはしゆう》子《こ》でございます」

まだ二十歳《はたち》を幾つも出ていない若さだが、厳しい訓練の賜物《たまもの》か、口調はなめらかでよどみなく、人を逸《そ》らさない。建物が見えてくる直前に解説を始めるのは、事前にコース内容を頭に叩き込んでいるからだろう。赤坂のホテルに着くまで、乗客たちは少しも退屈しなかった。

「私の若い頃、バスガールはあこがれの職業だったけど、今でも大したものねえ」

一子は感心してそう漏《も》らした。

赤坂のホテルの食事会場はバイキング形式で、オードブル・魚介料理・肉料理・デザートの他、パスタやカレーも並んでいた。

「お食事時間は六十分となっております。どうぞ、集合時間に遅れないようお願いいたします」

女性陣と若者はバイキングに慣れているが、山手と後藤は美しい盛り付けの料理に目が眩《くら》み、ともすれば取り過ぎてしまう。

「おじさん、一度にそんなに取らない方が良いよ。美味しかったらお代わりすれば良いんだから。後藤さん、こぼれますよ。新しい皿使いましょう」

感心に、甲斐甲斐《かいがい》しく二人の世話を焼くのは康平だ。お陰でゆっくり食事を楽しむどころではなく、大急ぎでカレーライスをかき込む羽目になってしまった。

「まあ、康ちゃん、気の毒したわねえ」

「いやあ、このツアーのメインは風鈴のショーですから」

一子に慰められ、康平は力なく笑うしかなかった。

風鈴は六本木でも老舗のショーパブで、デパートで婦人服のバイヤーをしていた時代、二三も何度か店に行ったことがあった。男女を問わず、外国人の客には喜ばれたものだ。

二三は店内を見回した。リニューアルされているようだが、舞台と客席の基本構造は変っていない。ホテルの食事はノンアルコールだったが、ここではアルコール類がサービスされる。

テーブル席ははじめ食堂四人と山手たち三人の二手に分れた。

一同がビールで喉《のど》を潤していると、店内の照明が落ち、いよいよ待望のショーが始まった。

アップテンポの音楽が流れ、ライトアップされた舞台に豪華な衣装をまとった踊り子たちが登場した。客席から拍手が沸き起った。

踊り手はみんな美人でダンスも上手い。フィリピン人と日本人が半々の感じだが、中心で踊るのは日本人だった。顔もきれいだが背が高くて舞台映えがする。長い手足を駆使して踊る姿はダイナミックで切れが良い。間違いなくこの一座の看板スターだろう。

ダンスの合間には短いギャグが挟まり、観客をリラックスさせる。ニューハーフにまつわる淫靡《いんび》さは微塵《みじん》もない、華やかで楽しいショーだった。観客はすっかり魅了され、時には笑い、手拍子を取り、声援を送り、いつしか時を忘れた。

ショーが終わると十分程度、踊り子たちが客席にやって来る。二三たちのテーブルに来たのは、看板スターの日本人だった。

「今晩は。初めまして。メイと申します」

声は低いが、それ以外に男性を思わせる要素は全くなかった。舞台用メイクをしているにせよ、肌はきめ細かでヒゲ剃《そ》り跡は見当たらず、ほっそりした首に喉仏《のどぼとけ》はなく、身体《からだ》の線も女性そのものだ。お見事としか言いようのない変身ぶりである。

「メイさん、ダンスがお上手ね。本当にステキだったわ。すっかり見とれてしまいましたよ」

一子は「むき出しで悪いけど」と言って、四つ折りにした一万円札を差し出した。

「まあ、奥様。過分なご祝儀を頂戴《ちょうだい》いたしまして、畏《おそ》れ入《い》ります」

メイは古風な礼を述べ、悪びれずに受け取った。多分このようなことは日常茶飯事なのだろう。何よりメイが一子を「おばあちゃん」と呼ばなかったことに、二三は好感を抱いた。

「皆さまはご家族でいらっしゃいますか?」

「当たり。女性軍はファミリー、俺はご近所」

「そうでしたか。とても和やかな雰囲気でいらっしゃるので……」

そう言いながら、メイは怪訝《けげん》そうな顔でじっと万里を見つめた。

「あのう、間違っていたらごめんなさい。あなた、佃中学一年B組にいた、赤目《あかめ》万里君じゃ？」

「ええっ！」

万里は素《す》っ頓狂《とんきよう》な声を上げ、一子も二三も要も驚いてメイを見た。

「ど、どうして知ってんの？」

メイはパッと顔を輝かせ、自分を指さした。

「俺、俺！　青木《あおき》！　青木皐《すすむ》！」

「マジかよ！」

二人は手を取り合って跳び上がった。メイはいきなり〝男〟に戻ってしまったのか、声がさらに低くなり、顔つきまで変って見えた。

「いやあ、ビックリした」

「それはこっちのセリフだよ」

万里は呆気《あっけ》に取られている女性陣にかつての同級生を紹介した。

「こいつ、俺の中学の同級生。要、覚えてない？　ＦＣ東京のジュニア・ユースのセレクション受かって、大騒ぎになった……」

「私、クラス違ったから」

「あ、そうか。それに青木、二学期で転校しちゃったんだよな」

「うん。急だったから、ちゃんと挨拶《あいさつ》も出来なくて」

「そうだ。サッカー、やめちゃったの？」

「三年の時、ユースに上がれなくてさ。そんで諦《あきら》めちゃった」

「もったいない」

万里は女性陣に補足した。

「FC東京のジュニア・ユースに入るだけでもすごいんだって。深川とむさしの二チームあって、深川だけでも毎年セレクションに八百人くらい来るんだけど、十人くらいしか入れない。超難関だよ」

「まあ、すごい」

「やめちゃって、残念ね」

「良いんです。今になって気が付いたんですけど、私、サッカーそのものより、サッカーをやってる男の子が好きだったみたい」

メイは今度は〝女〟に戻り、艶然と微笑《ほほえ》んだ。

「万里は今、何やってんの？」

「佃にあるはじめ食堂って店で働いてる。あ、一二三《にのまえ》さんと一子さんね。店のオーナーで俺の雇い主」

「食堂で、何やってんの？」

予想外だったようで、メイはパチパチと目を瞬《しばたた》いた。

「小さい店ですからね、雑用含めて色々やってもらってます」

「でも、メインは料理なんです。万里君の提案してくれるメニュー、結構評判良いんですよ。鯛茶漬《たいちゃづ》けとか、スープ春雨とか」

「あら、美味しそう」

「どうぞ、遊びにいらして下さい。万里君のお友達なら大歓迎ですよ」

「日曜と祝日以外はやってます。昼はランチ、夜は居酒屋で」

「佃大通りにある古い店だから、近くで聞けばすぐ分るよ」

「それじゃ……ホントに行っちゃおうかしら」

メイは三人の誘いに心惹《ひ》かれた様子だが、生憎《あいにく》バスに戻る時間になった。

「青木、またな。頑張れよ」

「ありがとう。万里もね」

店を出ると、要が大きく溜息を吐いた。

「ああ、ビックリした。同級生にニューハーフがいるなんて」

バスの駐車地点まで十分ほど歩く道すがら、メイのことを聞いた山手・後藤・康平の三人も、驚くやら呆《あき》れるやらで喧《やかま》しかった。

「そもそも、あんな美人が男って言うのが間違いだろ」

康平がぼやけば山手は慨嘆する。

「『身体髪膚《はつぷ》これを父母に受く。敢《あ》えて毀傷《きしよう》せざるは孝の始め也《なり》』ってな。それをまあ、男を捨てて女になっちまうんだから、親御さんはどんだけ嘆いておられるか」

その訓辞に多少なりとも聞き覚えがあるのは、二三の世代までだろう。康平も万里も要も、キョトンとしている。

「親からもらった身体を大事にするのが親孝行の第一歩って意味よ」

一子の解説でやっと意味が分ったようだ。

「だけどおじさん、青木には青木の事情があるんだよ、きっと」

万里がメイをかばうと、要も味方に付いた。

「そうよ。今はそんなこと言うと、差別になるのよ」

後藤だけは別のことを考えていた。

「しかし、あのメイって子はダンスが上手かったな。ステップの切れ味が抜群だった。何処で習ったんだろう?」

翌日のランチタイムに、メイは本当にはじめ食堂にやってきた。

「こんにちは」

席を埋めていた客が波が引くように出ていった午後一時過ぎ、普段着にノーメークのラフな格好でフラリと現れた。昼間の光に晒《さら》されているにもかかわらず、店より地味ではあったが、メイはどこから見ても女性だった。

「よう!」

「いらっしゃい」

「ようこそ」

三人はそれぞれ歓迎の意を表し、万里はカウンターから出ていって空いている席を勧めた。

「良い店ねえ。初めて来たのに、すごく落ち着くわ」

「東京オリンピックの翌年に開店したんだってさ。ヴィンテージもんだよ」

「じゃあ良い店に間違いないわ。そんなに長く続いてるんだもん」

万里はランチメニューを書いた黒板を胸の前に掲げた。

「あら、豚汁があるのね」

「今日の日替わり。他のメニューも、百円プラスで味噌汁を豚汁に変えられる」

ご常連の梓と三原も、それぞれ日替わりのサーモンフライと焼き魚(ホッケの開き)定食を頼み、味噌汁を豚汁に変えていた。

「どうしようかしら？　でも、やっぱり豚汁にするわ。私、汁物大好きなの」

豚汁は大ぶりの丼《どんぶり》で供される。味噌汁が付かない代りに、定食の小鉢二品（ひじきの煮物＆白滝とタラコの煎《い》り煮《に》）の他に納豆（苦手な人は冷《ひ》や奴《やっこ》）がサービスされる。これに漬け物（ナスとカブの糠漬け）とサラダ、お代わり自由のご飯が付いて七百円ぽっきり。

「なかなか良心的だろ？」

「ホントね。毎日でも通いたくなるわ」

軽く応じたメイは、豚汁を一口飲んで目を輝かせた。

「あらあ、美味しい。出汁《だし》が効いてるのね」

具材は豚肉・ゴボウ・人参《にんじん》・大根・コンニャク・里芋・昆布。具材から出る出汁に、たっぷり注いだ日本酒の旨味《うまみ》が加わっている。そして、煮物は大量に作ると具材がそれぞれの味を引き出し合って、美味しさが増す。だからはじめ食堂の豚汁が不味《まず》いわけがない。

メイは最近の若者には珍しく、箸《はし》使いがきれいだった。食べ終わると、両手を合わせて「ご馳走様でした」と一礼した。

「ああ、ホントに毎日通いたくなっちゃった。うちの近所にもこんな店があれば良いのに」

「それはありがとう存じます」

一子はカウンターの後ろで頭を下げた。

「メイさん、もし良かったら、今度は二時過ぎにいらっしゃいよ。お店閉める時間だから、万里君と一緒に賄い食べて、ゆっくりおしゃべりでもしてったら？」

梓も三原も帰った後なので、二三は言ってみた。万里はちょっと驚いたが、すぐ嬉しそうに言った。

「そうだよ、青木。今度は二時に来いよ。お互い休みが違うから、普段はゆっくり話も出来ないし」

メイは椅子から立ち上がり、二三と一子に向って頭を下げた。

「ありがとうございます、奥さん、大奥さん。一度だけ、お言葉に甘えさせていただきます」

帰り際、メイは遠慮がちに尋ねた。

「来週の月曜にお邪魔して良いですか？　私、月曜日がお休みなんです」

「ええ、どうぞ。お待ちしてますよ」

メイが帰ると、万里は照れくさそうに一礼した。

「おばちゃん、どうもありがとう」

「万里君の友達だもの。それに、メイさん、近頃珍しいキチンとした人ね」

「私も気に入ったわ。礼儀正しいし、気遣いがあるし」

万里は二人の顔を見て、感心したように首を振った。

「おばちゃんたち、すごいね。全然平気だね。俺だって最初青木だって分ったときは、一瞬ビビったのに」

「当たり前よ。娘の婿にするわけじゃないんだし」

二三が冗談めかして言うと、一子はほんの少し悲しげな顔になった。

「あたしは、正直、気の毒だと思うわ。メイさんは間違って男に生まれてきたけど、本当は女に生まれるべき人だったのかも知れない。それは神様の間違いで、本人の責任じゃないのに」

メイを見ていて涌井直行《わくいなおゆき》のことを想《おも》い出した。世界一流の料理人であり、人間としても立派な人格者で、至極まっとうな男性でありながら、一子の亡くなった夫・孝蔵《こうぞう》を愛していた。それは涌井自身にもどうすることも出来ない、宿命のようなものだった。

「本当にそうね。今はやっと本来の自分を取り戻したにしても、これまでたどった道のりは、ずいぶん辛《つら》かったと思うわ」

万里もいくらかしんみりした口調になった。

「世間の人がみんなおばちゃんたちみたいなら、青木みたいな奴も生きやすくなるんだろうな」

その夜、一番乗りした康平にメイが来店したことを話すと、大袈裟《おおげさ》に悔しがった。

「何だよ、そんなら俺にも声かけてくれれば良いのに。昼間のメイちゃん、見たかった」

「メイちゃんは見せもんじゃありませんよ」

「おばちゃん、美人って言うのは、結局見世物《みせもの》なんだよ。旦那《だんな》とカレシ以外は見て楽しむだけだもん」

康平は一子を指さした。

「おばちゃんだってジロジロ見られたクチでしょ？〝佃島《つくだじま》の岸恵子《きしけいこ》〟なんだから」

そこへ、山手と後藤が現れた。客を一人伴っている。二人とほぼ同年配の男性だ。

「いっちゃん、こちらダンス教室の主宰者の、中条《なかじょう》先生」

「いつもお世話になってるんで、ご案内したんです」

「まあ、それはありがとうございます」

二三と一子は揃って頭を下げた。

「中条恒巳《つねみ》と言います。お噂《うわさ》はいつもお二人から聞いております。是非一度お邪魔したいと思っていたんですよ」

中条も礼儀正しく腰を折った。ダンス教師をしているだけあって、身ぎれいで背筋がピンと伸び、どことなく優雅な雰囲気がある。

一子はふと、実家の隣にあった喫茶店「ランバン」の主人を想い出した。

そうだ、おじさんも社交ダンスをやってたっけ……。

「ざっかけない店でお恥ずかしいですけど、どうぞ気楽にお過ごし下さい」

三人はテーブル席に着いた。二三はおしぼりを出し、万里は生ビールのジョッキを運んだ。お通しの白滝と豚コマの生姜煮の皿が並んだところで、山手が聞いた。

「今日のお勧めは？」

「一押しは新メニューの牡蠣豆腐。本日の目玉商品は今が旬《しゅん》の鰯《いわし》のカレー揚げ。締めのご飯にオムライスで如何です？」

「よし、それいこう。後は適当に見繕って」

「はい、毎度あり」

二三は万里に向って親指を立てた。

「おばちゃん、田酒《でんしゅ》。ぬる燗で」

既に牡蠣豆腐を注文していた康平は、日本酒に切り替えた。

「万里、これ大ヒット。ホント、イケるわ」

牡蠣を箸でつまんで、感嘆の声を漏らした。

牡蠣豆腐は決して面倒な料理ではない。よく洗った牡蠣と食べやすい大きさに切った豆腐に片栗粉をまぶし、出汁が沸騰したら春菊と豆腐を入れ、火が通ったら牡蠣を入れる。牡蠣は煮すぎると固くなるので、さっと火が通ったら器に盛り付け、白髪《しらが》ネギを飾って出来上がり。好みで生姜の千切りを加えても良い。片栗粉のとろみで豆腐と牡蠣に出汁がよく絡む。牡蠣好きには堪《たま》らない一品だ。

「これ、牡蠣と豆腐を揚げ出しにするレシピもあるんだ。そうするとご飯のおかずにもいけるよ」

「俺はこれで十分。鰯のカレー揚げも食べたいし」

二三は山手たちの席にポテトサラダ、蟹入り酢の物、切り干し大根、洋風おから、さっと焼いた利休揚げの皿を運んだ。

「中条先生、山手さんから、後藤さんはダンスの筋が良いと伺《うかが》ったんですけど」

「その通りです」

ビールのジョッキをテーブルに置いて、中条が大きく頷いた。

「驚きました。後藤さんは剣道や柔道をやってらした方なのに」

「いや、至極理に適《かな》ってるんですよ」

中条は二三に向けていた視線を、照れている後藤に移した。

「以前、ボクシングのプロテストに合格した青年を教えたことがあるんですが、非常に上達が早かったんです。どうしてだか分りますか？」

「さあ……」

「足さばきですよ」

中条は自分の腿《もも》を軽く叩いた。

「ボクシングはパンチを打つスポーツだと思われていますが、実はフットワークが大切なんです。だから、ボクシングの訓練を受けた人は、ステップの上達も早いんですね」

意外なことを聞くものだと一同は思った。

「剣道も同じです。足運びが大切なんです。後藤さんがステップの覚えが早いのは、剣道の足運びで鍛えられたからですよ」

「まあ、そうなんですか」

万里がカウンターの中で伸び上がった。

「先生、それじゃサッカーやってた人も、ダンス上手いですか？」

中条はふっと苦笑いした。

「それは向き不向きもありますからね。ただ、ステップを覚えるには、サッカーの経験も役に立つかも知れない」

「ダンスも、スポーツも、格闘技も、突き詰めれば如何《いか》にして体重移動をスムーズに行うか、そのために重心を何処に置くか、それに尽きるような気がしますね」

「お前、本当に理屈っぽいよな」

山手が呆れ顔で後藤を見た。

「いや、この年になると、理屈で説明してもらわないと身体が動かせないんですよ。その点、中条先生は上半身と下半身に分けて説明して下さるんで、助かります」

そして、しみじみと言った。

「山手のお陰で、私もこの年で打ち込めるものが出来て、本当にラッキーだったと思ってます。ありがとう」

「よせやい」

山手はあわててビールを飲み、軽くむせた。

「お待ちどおさま。牡蠣豆腐と鰯のカレー揚げです」

万里と一子が皿を運んできた。

「いやあ、これは美味そうだ」

三人の前期高齢者は新しい料理に箸を伸ばし、舌鼓を打った。

「この店は何を食べても本当に美味しいですね」

「でしょう」

山手は自分の手柄のように言った。

「家内の作ってくれた料理を思い出しましたよ。料理が上手で……特別変ったものじゃなく、毎日食べる普通の家庭料理が、実に美味かった」

「先生の奥様は五年前に亡くなったんだよ」

山手が後藤に説明した。

「鴛鴦《おしどり》夫婦でいらしたから、あの時は我々もずいぶん心配しましたよ。それにしても、よく立ち直られましたね」

「まあ、ダンスに救われたようなもんです。毎日生徒さんに囲まれて、音楽に乗って踊っていられたのが、私には良かったんですね。あのまま薬局を続けていたら、今頃どうなっていたか……」

「先生は元は薬剤師で、薬局を経営してたんだよ」

山手の言葉に、後藤だけでなく二三たちも驚いた。薬剤師とダンス教師ではずいぶんと畑違いの職種である。

「良く決断なさいましたね」

「いや、マツモトキヨシが進出してきたとき、もう町の普通の薬局は太刀《たち》打《う》ちできないと悟りましてね。商売替えを考えたんですよ」

中条は大学時代社交ダンス部に所属し、学生選手権で優勝した実績があった。そして亡き妻もダンス部の後輩だった。折りしも第一次社交ダンスブームが到来しており、今がチャンスと、薬局を閉めてダンス教室経営に踏み切った。

「運良く教室は成功しました。お陰で収入も上がり、急死した娘夫婦の子供を引き取って育てることも出来ました。薬剤師仲間に陰口を利かれてイヤな思いをしたこともありますが、今はダンスに感謝しています」

妻に先立たれた高齢男性は、ほとんどが意気消沈して老け込んでしまう。しかし中条は毎日ダンス教室で生徒に接していた。それに、ほとんどの生徒は中条より若い。若い男女に囲まれて踊る楽しさと教室経営の「現役生活」があればこそ、中条は老け込まずにいられたのだろう。「ダンスに救われた」という言葉には実感がこもっていた。

翌週の月曜日、約束通りメイは午後二時に店に入ってきた。千疋屋《せんびきや》の包装紙の手みやげを携えて。

「こんな、気を遣わなくて良いのに」

とは言え、二三はメイの心遣いが嬉しかった。そして、若いのにこういう気遣いが出来るのは、家庭のしつけが厳しかったか、社会の荒波に揉《も》まれてきたか、どちらだろうと訝《いぶか》った。

「青木、新メニューサービス」

万里は煮魚定食（赤魚）を頼んだメイに、牡蠣と豆腐のオイスターソース炒めを小鉢で出した。

メイは早速一口味見して、目を丸くした。

「万里、すごいね。プロ級じゃない」

「プロだよ。一応金もらってるし」

「そうよね」

メイは素直に頷いた。

「デザート。お持たせで悪いけど」

食事の終りに、二三は千疋屋のゼリーを出した。

「そうだわ。メイさん、豚汁以外にお好きな料理ってなあに？」

「納豆汁、粕汁《かすじる》、けんちん汁、三平汁、のっぺい汁」

「若いのに、渋好みねえ」

「私、お祖母ちゃん子なんです。お祖母ちゃん、すごく料理が上手だったんですよ。具沢山の味噌汁が大好きで、よく作ってくれて。だから私も味噌汁大好き。あ、うちはけんちん汁も味噌仕立てだったの」

メイは祖母を思い出したのか、懐かしそうに目を細めた。

「私の名前も、お祖母ちゃんが考えたんです。お祖母ちゃん、三月生まれで弥生《やよい》って言うの。私は五月に生まれてくる子だから〝さつき〟にしようって。皐っていう字、さつきとも読むんですよ。で、男の子だったから〝すすむ〟」

「それで芸名が〝メイ〟なのか」

「うん。近々戸籍名も〝さつき〟に変えようと思ってるの」

メイはスプーンを置き、真剣な口調になった。

「私、将来、味噌汁の専門店をやりたいんです。日本各地のいろんなお味噌を使って、お祖母ちゃんが作ってくれたみたいな美味しい味噌汁を食べさせて、日本中に味噌汁の素晴らしさを広めたいんです」

味噌汁は長年日本の食卓を支えてきた料理であり、味噌は栄養満点の発酵食品なのだが、近年消費量は下降しつつある。

「そう言えばお姑《かあ》さん、昔『女と味噌汁』ってドラマがあったわよね。池内淳子《いけうちじゅんこ》が売れっ子芸者のてまり姐《ねえ》さんで、ライトバンで味噌汁屋さんもやってるの」

「良く覚えてるわね」

「だってうちの母、〝亀戸《かめいど》の池内淳子〟って言われてたんだもん」

万里とメイはあわてて下を向いて笑いを堪《こら》えた。

「だから、メイさんの店もきっと繁盛するわよ」

メイは突然目を潤ませ、洟《はな》をすすった。

「ありがとうございます。私、ここに来るとすごく元気でちゃう」

「またいらっしゃいね。うちも寒くなると納豆汁を作るから」

メイは一子の手をギュッと握って、帰って行った。

「今になって思い出した。あいつ、一年の二学期に親が事故で死んじゃったんだ。それでお祖父《じい》さんの家に引き取られることになって、転校したんだった」

後ろ姿を見送って、万里は独り言のように呟《つぶや》いた。

「ああ、それでお祖母ちゃん子……」

「お味噌汁屋さん、成功すると良いね」

二三も一子も、それぞれ心の裡《うち》を呟いたのだった。

「それ、良いと思うわ」

その夜、二週間ぶりにはじめ食堂に現れた菊川瑠美《きくかわるみ》は、二三から味噌汁専門店の話を聞くと、即座に言った。

「今、味噌汁は見直されてるのよ。土井善晴《どいよしはる》先生の『一汁一菜でよいという提案』が評判になってるでしょう」

瑠美は近所に住む大人気の料理研究家である。二週間もご無沙汰《ぶさた》していたのは、雑誌の企画で地方の読者を対象にした料理教室を回っていたからだ。

「ブログやインスタグラムで公開されるきらびやかなお料理を家庭料理と思い込んで、ドツボにはまっちゃう人が意外と多いのね。そういう人たちから『救われた』『気が楽になった』『料理が怖くなくなった』って、感謝の言葉が続々と上がってるのよ」

「そうなんですか?」

「その代り、具沢山にして、キチンと栄養を取れる味噌汁にする。それとご飯があれば、おかずは一品で良い、と。確かに、忙しい現代人の生活を考えれば、おかずを何品も作るのはストレスかも知れないわね」

瑠美はちょっぴり肩をすくめた。

「ま、私もストレスを作ってる一人かも知れないけど」

「そんな。うちでも先生のレシピ、大いに活用させていただいてますよ。助かってるんですから」

「そう言っていただけると気が楽になるわ」

瑠美は牡蠣と豆腐のオイスターソース炒めを口に運んだ。

「美味し～！　オイスターにオイスターソース、合うわあ」

お褒めの言葉に万里はニンマリした。

「ええと、日本酒ください。どれにしようかな……貴《たか》！」

「はい。先生、チンゲン菜とキクラゲ炒め、召し上がります？」

「是非是非。旅行すると、どうしても野菜不足になるのよね」

瑠美のテーブルには既にポテトサラダと小松菜のお浸しの皿も並んでいた。

一方、カウンターに陣取った康平・山手・後藤の三人は、メイの味噌汁の話でてんでに盛り上がっていた。

「俺、メイちゃんの店がオープンしたら、毎日食べに行こうっと」

「そういや、最近の若い奴はあんまり味噌汁飲まねえな。うちの孫も『パス』とか言いやがって……」

「彼女がダンスをやめるのは勿体ないな。引退したら、教える側に回っても良いのに」

「おじさん、今日のオムレツ何が良い？」

万里がカウンターから声をかけると、山手はパッと顔を上げた。

「アメリカン！　コンビーフで」

「へい、毎度」

一子は瑠美のテーブルに冷酒を運び、一杯目の酌をした。

「でもね、先生。私はあの子の『お祖母ちゃんの味を受け継いで日本中に広めたい』って言う言葉に、胸がジンとしましたよ」

「私も。今時珍しい、感心な子ね」

瑠美はゆっくりと冷酒を味わい、グラスを置いた。

「それに、若いのにしっかりしてるわ。今はニューハーフのショーで大人気なんでしょ？　でもそれに溺《おぼ》れないで、キチンと将来のことも考えてるんですもの」

「万里君の話では、中学一年の時にご両親を亡くしたんだそうです。それで、人には言えない苦労もあったんでしょう」

「おまけに性同一性障害を抱えてるわけだし。大変よね」

瑠美の声には素直な同情が滲《にじ》んでいた。

「世界中、何処へ行っても少数派は生きにくいから……」

翌週の月曜日の夜、中条がはじめ食堂に現れた。

「おや、先生」

カウンターに座っていた山手と後藤が声を上げた。

「この前お邪魔してすっかり気に入って、また来たくなりました」

ダンス教室は月曜休みだという。

「ありがとう存じます」

二三と一子はカウンターの脇で頭を下げた。

「政さんと後藤さんのお陰で、お客様が増えたわ」

山手と後藤は中条と同じテーブルに移動した。

「先生、今日は納豆汁があるんです。締めにピッタリですよ」

「それは良い。家内もよく納豆汁を作ってくれました」

三人がメニュー片手にあれやこれや話していると、ガラス戸が開いてメイが入ってきた。

「あら、いらっしゃい」

「お休みだから、来ちゃった」

カウンターに腰を下ろしたので、康平は早くも目尻《めじり》を下げた。

「ちょうど良かった。今日は納豆汁があるのよ」

「あら、嬉しい。大好き」

その時、ガタンと椅子《いす》の倒れる音が響いた。

驚いてそちらを見ると、中条が立ち上がっていた。驚愕《きょうがく》の余り顔の筋肉が強張《こわば》り、目が吊り上がっている。

「すすむ……！」

メイも茫然《ぼうぜん》とした顔で椅子から降りた。

「……お祖父ちゃん」

誰もが言葉を失い、店中がシーンと静まりかえった。

「こ、この親不孝者！　恥さらし！」

中条は拳《こぶし》を握りしめ、メイに殴りかかろうとした。後藤と山手があわてて押《お》し止《とど》め、康平とカウンターから飛び出した万里がメイをかばって立ちふさがった。

「先生、落ち着いて！」

後藤は中条を押さえ込んで無理矢理椅子に掛けさせた。二三は小走りにテーブルに向い、コップの水を中条の前に置いた。

「先生、とにかく少し、気を静めて下さい」

中条は素直に頷いて、コップの水を飲み干した。しかし、テーブルの上に置いた手は小刻みに震え、顔は無念さに歪《ゆが》んでいた。

「もうお分りでしょうが、あの男女《おとこおんな》が私の孫です。亡くなった娘夫婦の忘れ形見の、大事な一人息子です」

メイは悲しげに目を伏せ、黙ってうなだれている。

「あの子を立派に育てることだけが、私と家内のたった一つの希望でした」

老夫婦は両親を失った孫に心から愛情を注ぎ、出来る限り最高の環境を与えたつもりだった。皐は祖父母の期待に応《こた》え、一流高校に合格し、一流大学に進学した。成績優秀で、一流企業の内定も取った。ところが……。

「卒業間際になって、今の自分は偽りだ、本物の自分を取り戻したいと言って、家を飛び出したんです。手を尽くして探し出したときは、もう、この姿に……」

中条は両手で顔を覆った。

「いったい何処で育て方を間違ってしまったものか。私は娘夫婦にも、亡くなった家内にも、合わせる顔がありません」

メイは唇を噛《か》みしめ、身動きもしない。瞼《まぶた》に涙の粒が盛り上り、睫毛《まつげ》を濡《ぬ》らしてこぼれ落ちた。

一子は中条の前に進み出た。

「先生、あなたは何も間違ってなんかいませんよ。間違ったのは神様なんです」

中条は顔を覆っていた手を離し、一同の視線は一子に集まった。

「〝すすむ〟さんは〝さつき〟さんとして生まれるはずだったのに、神様の手違いで男の身体で生まれてしまったんです。神様が責任を取ってくれない以上、自分の手で間違った身体を本当の身体に戻したいと願うのは、自然なことだと思いますよ」

メイはハッとして息を呑《の》んだ。

「他人事《ひとごと》だと思って、無責任な」

中条は苦々しげに吐き捨てたが、一子は微笑で答えた。

「私は中条先生と奥様の愛情は、十分お孫さんに伝わっていると思います。だって、お孫さんは将来、お味噌汁の専門店を開きたいって言うんですよ。お祖母ちゃんが作ってくれた美味しい味噌汁の味を、日本中に広めたいって」

「先生……」

後藤が意を決したように口を開いた。

「私はお孫さんのショーを見ました。素晴しいダンスでした。私は、お孫さんがダンスが上手いのは、先生の遺伝だと思います。先生の血は、立派にお孫さんに受け継がれています」

後藤の声は更に熱がこもった。

「先生はダンスに救われたと仰《おっしゃ》いました。でも、薬剤師からダンス教師に転職したときには、心ない陰口を利かれたと。お孫さんも同じです。自分の望む生き方を選んだだけで、心ない偏見に晒されています。その気持ちを一番良く分ってやれるのは、先生じゃないんですか？」

万里も黙っていられなくなった。

「先生、俺、青木を尊敬してます」

中条とメイはビックリして万里を見た。

「青木は中学生の時、交通事故でご両親を失いました。ものすごいショックで、辛かったと思います。その上、FC東京のジュニア・ユースからユースに上がれなくて、サッカーをやめました。普通ならそこでグレちゃうのに、猛勉強して良い学校へ入って、一流企業の内定取って、すごいです。それに……」

万里はメイを見遣《みや》った。

「ニューハーフになってからは超一流の店でナンバーワンになるし、引退後の計画もちゃんと立ててるし。俺なんかホント、行き当たりばったりで、ここで働くまでズ〜ッとフラフラしてて、親に心配ばっか掛けてました。青木の爪《つめ》の垢煎《あかせん》じて飲みたいくらいです」

万里は中条に一歩近づいた。

「先生、青木のこと、褒めてやって下さい。よく頑張ったって」

嗚咽《おえつ》が響いた。メイだった。声はどんどん大きくなり、最後は号泣になった。メイはよろよろと中条のテーブルに近寄り、足下にくずおれた。

「お祖父ちゃん……」

涙で濡れた顔を上げて、中条を見つめた。

「ごめんなさい。でも私、お祖父ちゃんが大好き。お祖母ちゃんが大好き。お父さんも、お母さんも、みんな大好きなの」

「……すすむ」

中条の頬《ほお》にも涙が伝い落ちた。

二人の様子を見て、二三と一子は目を見交わし、頷き合った。

祖父と孫の心は通じている。今すぐには無理かも知れないが、いつの日かきっと、中条もメイの現実を受け入れ、和解できる日が来るだろう。

その日が一日も早くやって来ることを、二三も一子も万里も、はじめ食堂に集う人たちはみな、祈らずにいられなかった。

第四話

辛子レンコン危機一髪

「あらあ、すごい！　辛子レンコンじゃない」

本日の小鉢を見たＯＬが驚きの声を上げた。

「これ、ここで作ったの？」

「もちろん。うちの若頭が張り切ってくれて」

万里《ばんり》は得意げにガッツポーズを決めた。

「偉い。もう、立派な板前さんね」

カウンターの中で、二三《ふみ》と一子《いちこ》は会心の笑みを漏らした。辛子レンコンをランチに出すのは冒険だったが、今のところ大成功だ。ご常連のお客さんたちは、みな驚いている。

本日の定食セットはご飯・味噌汁《みそしる》（タマネギとジャガイモ）・小鉢二種類（冷《ひ》や奴《やっこ》&辛子レンコン）・サラダ・漬け物（白菜）。メインは焼き魚がぶりの照り焼き、煮魚がカラスガレイ、日替わりはメンチカツと中華風オムレツ。それに定番のトンカツと海老《えび》フライというラインナップだが、何と言っても本日の目玉は辛子レンコンだ。

「これ、買うと高いんでしょ?」

「作るの大変そうよね」

「居酒屋さんにも、あんまり置いてないんじゃない?」

三人で来店したOLは、口々に賞賛を述べた。

「ただ、実際に作ってみると、想像していたよりは簡単でしたよ」

万里は笑顔で応じ、プリントを取り出した。

「良かったら、レシピ上げますよ。家で挑戦してみて下さい」

「ホント?」

「うれし〜!」

「女子力アップだわ」

三人はプリントを受け取った。これも万里が考えたサービスで「レシピを餌《えさ》にランチ女子を釣る」という作戦だ。上手《うま》く行くかどうか分らないが、店とお客さんとの親睦《しんぼく》を深める役には立つだろう。

辛子レンコンは元は熊本の郷土料理で、レンコンの穴の並び方が旧藩主細川家の家紋「九曜紋《くようもん》」に似ていることから、明治になるまで門外不出だったという。

レンコンの皮を剝《む》いて茹《ゆ》で、冷ましたら、おからと辛子と味噌、みりんを混ぜ合わせたものを穴に詰め、卵たっぷりの衣を付けて揚げる。切り口はまさに九曜紋で、見た目も楽しく酒の肴《さかな》にもピッタリだ。

おから入りの辛子味噌を盛った容器にレンコンをギュギュッと押しつけると、味噌が盛り上がって穴を埋める。小さなお子さんのいる家庭なら、泥遊び感覚でお手伝いさせると良いかもしれない。

帰り際、ＯＬ三人組の一人が訊《き》いた。

「ねえ、このお店、夜は居酒屋さんになるの？」

「はい。五時半開店で九時閉店です」

「九時？　わりと早いのね」

「その代りご飯メニューバッチリ揃《そろ》ってるから、一軒目の店で利用して下さい。ここで腹ごしらえして、二軒目は銀座のバーへ」

万里が言い添えると、ＯＬたちは「良いかもね」と頷《うなず》き合った。去年からランチに訪れるようになった新顔で、会社は月島にあるという。

入れ違いに、野田梓《のだあずさ》が入ってきた。

「こんにちは。彼女たち、プリント見てたけど、何？」

「今日の目玉商品、辛子レンコンのレシピ。野田ちゃんも要《い》る？」

「要らない。ここで食べた方が美味《おい》しいもん。で、どうだった、辛子レンコン？」

「もうバッチリ。ハイ、食べて、食べて」

二三は辛子レンコンの小鉢を先にテーブルに置いた。梓には昨日のうちから予告しておいたのだ。

「いける～！　辛さもちょうど良いね。ご飯に良し、酒に良しよ」

カウンターの中で二三と一子、万里が揃ってガッツポーズを決めた瞬間、ガラス戸が開いて三原茂之《みはらしげゆき》が現れた。

「おや、皆さんお揃いで」

「辛子レンコンが大成功したんで、勝利に酔ってたんです」

万里が答えると、ニコニコしながらいつもの席に腰を下ろした。

「それはおめでとうございます。え～と、煮魚定食で」

「あたし、焼き魚」

三原はおしぼりで手を拭《ふ》きながら、ゆっくり店内を見回した。

「こちらは最近、女性のお客さんが増えたみたいですね。先ほども若いＯＬさんたちが店から出てきたでしょう」

二三と万里はそれぞれ定食の盆をテーブルに運び、カウンターの一子の方を見た。

「お姑《かあ》さん、去年の春くらいだっけ？」

「桜の季節だったかしら。何でも月島に新しく出来た会社だとか」

はじめ食堂のような小さな店は常連さんで保《も》っている。ただ、常に二割くらい新規のお客さんが来店することが望ましい。常連さんも、転勤・定年・病気などの理由で足が遠のくことがある。そんな時、新規のお客さんの中から穴を埋めてくれる人が現れないと、店は客足が落ちて、最後は寂れてしまうのだ。

「こんにちは」

四人連れのお客さんが入ってきた。この人たちも去年から、月に一、二度の割ではじめ食堂を訪れるようになったご新規さんだ。必ず男性一人と女性三人の四人で来店する。

「課長、何になさいます？」

「僕は日替わりでメンチ」

「あたしは日替わりのオムレツで」

「あたしも」

「焼き魚定食下さい。ぶり照り、大好き」

注文した後は賑《にぎ》やかにおしゃべりに興ずる。とは言え、〝課長〟はもっぱら聞き役で、しゃべるのは女性三人だ。課長は四十代初め、二人の女性は五十代、一人は四十そこそこだろうか。

メンバーは時に入れ替わりがあるものの、上司である男性が部下の女性……それも可愛《かわい》いOLではなく、明らかにパートのおばさんらしい……三人を引き連れてやってきて、必ずおごるのだった。

万里などは「人格者だよねえ、あの〝課長〟。俺、絶対に真似《まね》できない」と感心していた。

「あらあ、感激！　辛子レンコンじゃないの」

「珍しいわね」

ああだ、こうだと評しながら食事が進む。そのうち五十半ばの女性が思い出したように呟《つぶや》いた。

「そう言えば昔、辛子レンコンで中毒事件があったわ」

「ああ、ボツリヌス菌でしょ？　大騒ぎだったわよねえ」

すぐさま応じたのは同年代の女性だ。

二三と一子は素早く目を見交わした。辛子レンコンを出すときに一番心配したのが、この昔の中毒事件だった。幸い、今まで誰もそんなことは口に出さずに食事を終えたが、おばさんというのは事件やスキャンダルが大好きで、いつまでも忘れない人種なのだ。

昭和五十九（一九八四）年に九州を中心に起きた辛子レンコンの食中毒事件は、患者三十六人、死者十一人を出す惨事となった。原因は輸入した辛子に含まれていたボツリヌス菌である。製造会社は常温保存を可能にするため、揚げた辛子レンコンを真空パックして販売したのだが、ボツリヌス菌は嫌気性という、空気のないところで増殖する細菌であったことが災いし、真空パックの中で大増殖してしまったのだ。

この事件はボツリヌス菌という聞き慣れない菌の名前を全国区に広め、火を通しても死なない菌がいるという衛生意識の改革を促し、辛子レンコンという料理に大きなダメージを与えた。

「うちの母なんてさ、あれ以来、いまだに辛子レンコンを食べないのよ。バッカみたい」

「辛子レンコンが怖くて、おばちゃん街道が渡れるかってのよ」

言葉通り、おばさん二人組はバクバクと辛子レンコンを平らげた。

これには一同、苦笑するしかなかった。おばさんとはとにかく、たくましい生き物なのである。

「どうも、ご馳走《ちそう》でした」

課長は礼儀正しく挨拶《あいさつ》し、四人分の勘定を払った。

「いつもご馳走様です」

部下の三人は上司に頭を下げた。

「こちらこそ、皆さんにはいつも助けてもらってるんですから」

四人は入ってきたときと同じく、賑やかに出ていった。

「あの方たちも、去年からのご新規さん。さっきのOLさんと同じ会社だと思うわ。制服が同じだし」

一子が言うと、食後の煙草《タバコ》に火を付けた梓が、何かを思い出そうとするように眉《まゆ》を寄せた。

「ワカイの人じゃないかしら？　確か去年、月島に分室が出来たって聞いたような気がする」

銀座の老舗《しにせ》クラブでチーママを務める梓は、企業情報にも結構通じていたりする。

「ワカイって、銀座七丁目の？」

「うん。売り場拡張するんで、経理機能だけ本社から移したみたい」

ワカイというのは銀座大通りに面した大きなファッションビルで、婦人服・小物類・輸入雑貨などを手広く扱っている。戦前から銀座で商いをしていたが、戦後は大きく成長し、十年前には本社ビルを建て替えた。今は海外の有名ブランドの店も入り、中国人観光客が殺到する店の一つに数えられている。

「若い子は正社員で、あのおばさんたちは経理のパートだな」

万里は納得した顔で頷いた。

「おばさん、敵に回すと大変だから、課長、気ィ遣っちゃって、可哀想《かわいそう》に」

「他人事《ひとごと》だと思って、面白がるんじゃないよ」

万里が茶化し、二三がたしなめる。二人のこんな遣《や》り取《と》りも、今では生活習慣のようなものだ。

「でも、君みたいな若い人が、よく辛子レンコンを作ろうなんて思い付いたね」

食後のお茶をゆっくり飲んでいた三原が万里を見た。

「この前、お袋がデパートの物産展で買ってきたんです。高級感ある割にはそれほど手間が掛かんないし、挑戦してみようかなって」

「やはり、経験だね。こっちは食べる専門で、作り方はまるで見当が付かない」

「やっぱ、おばちゃんの言った通り。コロッケを制するものは料理を制す」

万里は二三に胸を張って見せた。家庭料理の中で一番調理工程の多いのがコロッケである。だからコロッケが作れれば何でも作れる……というのが二三の持論だった。

その夜のはじめ食堂でも、辛子レンコンが話題をさらったことは言うまでもない。辰浪康平《たつなみこうへい》・山手政夫《やまてまさお》・後藤輝明《ごとうてるあき》の新旧おじさんトリオも、料理研究家の菊川瑠美《きくかわるみ》も、こぞって万里の勇気とセンスを褒めた。

「俺、辛子レンコンなんて何年ぶりだろ？」

「何処《どこ》にでもあるって代物《しろもの》と違うからな」

「昔、熊本土産にもらって以来だから……」

後藤は指を折って数え始めた。

二三が肉野菜炒《いた》めの皿を運んでゆくと、瑠美は空になった辛子レンコンの皿を指さした。

「これ、今日限定？　明日もある？」

「一応、本日限定なんです。お試しで作ったんで」

「残念だけど、ま、良いか。一期一会って、料理にも大事よね」

万里がカウンターから伸び上がって言った。

「先生、今度はレンコンのはさみ揚げやりますから、召し上がって下さい」

「あら、私、大好きなの。ナスのはさみ揚げより好きなくらい」

「それと、ハス蒸しも考えてるんですよ」

「何だか、はじめ食堂、段々高級化してるわねえ」

瑠美は嬉《うれ》しそうな声を出した。

ハス蒸しはすり下ろしたレンコンに卵白を混ぜ、海老・銀杏《ぎんなん》・椎茸《しいたけ》・カマボコなど、茶《ちゃ》碗《わん》蒸しに用いるような材料を包んで蒸し、葛餡《くずあん》を掛けた上品な料理で、割烹《かっぽう》料理店などで出されることが多い。はじめ食堂で出したら驚かれるだろう。

「でも、二三さん、豚汁やアジフライもやめないでね。私、普通のご飯食べたくて来てるんだから」

「ご心配なく。何しろ店の名前からして〝食堂〟なんですから、定食メニューは外せませんよ」

「安心した」

瑠美は生ビールを注文し、ツマミには中華風冷や奴、ホウレン草のゴマ和《あ》え、キノコのホイル焼きを選んだ。ホウレン草もキノコも旬を迎え、味も栄養価もアップしている。瑠美はこの後日本酒に切り替え、締めにはご飯ものを選ぶことが多い。

「ラストは豚汁と焼きおにぎりで！」

夜、閉店後に帰宅した要《かなめ》も、辛子レンコンを褒めた一人だ。

「万里、このまま〝郷土料理シリーズ〟開拓すんの？」

「郷土料理って言われてもなあ……」

「ほら、イカめしとか、ちゃんちゃん焼きとか、なめろうとか、柚餅子《ゆべし》とか」

「おばちゃんたち、どう思う？」

万里は一子と二三を見た。

「確かにメニューも一部、新旧交代させた方が良いのかも知れないけど、何を引っ込めるかが問題よね」

「難しいねえ。昔からのお馴染《なじ》みさんは、お馴染みのメニューがないとガッカリするだろうし」

「あ、そう言えば今年、秋なのにまだおでん出してないね」

「うん。ちょっと様子見ることにしたのよ」

二三が答えると万里が口を添えた。

「ほら、おでんと焼き鳥って、どこの店でも出してるじゃん。そんなら、うちはもう少しオリジナルメニュー増やして、店の特徴出した方が良いんじゃないかって思ってさ」

「それにはあたしたちも賛成でね。おでんとなるとタネを何種類も仕入れないといけないけど、満遍なく注文が来るわけじゃなし、どうしても売れ残りが出てねえ」

「コンニャクや昆布なら翌日に回せるけど、半片や薩摩揚《さつまあ》げはそういうわけにいかないしね。かといって、五品くらいしかないおでん鍋《なべ》じゃ、見た目が寂しいし」

「なるほど。色々あるんだ」

要は頷き、辛子レンコンを囓《かじ》ってビールを飲み干した。

「ねえ、いっそのことおでんってまとめないで、コンニャク煮とか、葱鮪《ねぎま》とか、一品料理で出しても良いんじゃない？」

「おう、万里、冴《さ》えてるじゃん。葱鮪はおつだよねえ」

要は少し酔っ払ったのか、万里の背中をポンと叩《たた》いた。

「まあ、とにかくうちは面倒くさいことは言わない主義だから、メニューになくてもお客さんのご要望があれば作っちゃうから」

「そうだね。ずうっとそうやって来たんだから、それで良いさ」

「俺、メニューにないのに生姜《しょうが》焼き作ってもらったもんなあ」

万里も懐かしそうに言う。

「あ、そうだ。ねえ、夜のメニューに煮麺《にゅうめん》ってどう？　あっさりしてて、お酒の後に良いんじゃない？　これから寒くなるしさ」

要の言う煮麺は温かい汁素麺《そうめん》のことで、トッピングには卵・カマボコ・三つ葉などが使われる。煮麺と似ているが、白石温麺《しろいしうーめん》は油を使わないで作った素麺である。

「おばちゃん、煮麺、良くない？　保存が利くし」

万里はすっかり乗り気になっている。

「そうね。高い料理じゃないし、やってみようか」

「明日から出してみよう。人気が出るかも知れない」

こうしてはじめ食堂の四人は、いつものように明日への活力を補給して夜食を終えたのだった。そのわずか二日後、あんな騒動が持ち上がるとは夢にも思わずに。

時間は午後十二時半、ランチタイムの一番忙しい時間帯だった。テーブルは満席で、店の外には順番待ちのお客さんが列を作っていた。誰もが楽しげに、且《か》つ軽快にその日の昼食を平らげて行く。

「ご馳走様！」

四人連れのお客さんが一斉に立ち上がった。

「ありがとうございました！」

万里は手早く盆を片付け、テーブルを拭いた。

「お待たせしました。四名様、どうぞ！」

二三は外で待つ客に声を掛けた。

四人が順番に店に入って行くと、後ろから来た女がそれを押しのけるようにして押し入った。

「あの、お客様……」

二三が「列に並んで下さい」と言う前に、女が怒鳴った。

「この店の責任者は、誰なの！」

女は店の真ん中に仁王立ちした。四十半ばで小太りだが、靴はフェラガモでバッグはバーキン、服はシャネル・スーツだった……似合っているとは言えなかったが。

「あの、私と姑ですが」

女は振り向いて二三を睨《にら》んだ。元々可愛くない顔が、怒りのあまり目がつり上がって恐ろしい形相になっている。

「食中毒を出したくせに、よくも図々しく営業できるわね！」

二三も一子も万里も、驚愕《きょうがく》の余り一瞬言葉を失った。

「あの、それはどういうことですか？」

「まあ、白々しい。とぼけるんじゃないわよ！」

女は満員の客たちに見せつけるように、ぐるっと店内を見回した。

「うちの主人はこの店で食べた物が原因で、食中毒を起こして入院したのよ！」

「冗談じゃない！」

抗議しようと一歩前に出た万里を、二三と一子が制した。

「それは、何かのお間違いじゃないでしょうか？」

「間違いのわけないでしょ、医者が言ってるんだから。主人は、ボツリヌス菌中毒ですって。ボツリヌス菌！　一昨日《おととい》この店で出した辛子レンコンが原因よ。それ以外考えられないじゃない！」

お客さんたちが一瞬ハッと息を呑《の》むのが分った。ほとんどの人は、一昨日辛子レンコンを食べているのだ。

「奥さん、でも、辛子レンコンは他にも大勢のお客さんが召し上がりましたし、私たちも食べましたけど、具合の悪くなった方は誰も……」

「主人と一緒に昼ご飯を食べた部下も、同じ症状で入院してるのよ。辛子レンコンじゃなかったとしても、この店で出したものが原因よ。他には考えられないわ！」

お客さんたちが顔を見合わせるのが気配で分った。この女の言い分が間違いであったとしても、既に不安と疑惑の種はまかれてしまった。

どうしよう？　どうしたらこの場を切り抜けられるだろう？

「奥さん、ご主人様には大変なご災難で、お気の毒でございます」

一子がカウンターから出てきて、もの柔らかに言った。

「私どもも原因を突き止めるために、できる限り協力させていただきます」

女は明らかに虚を突かれ、次の言葉を呑み込んだ。

「昼の営業が終わりましたら、保健所へ参りまして、しっかり調べてもらいます。それで感染源がどこにあるか、突き止められると思います」

二三はホッと胸をなで下ろした。そう、調べれば分ることなのだ。はじめ食堂に責任があるかどうか。

「それはそれとして、店としても是非、ご主人のお見舞いに伺《うかが》いたいと思います。入院先を教えて頂けませんか？」

「聖路加《せいるか》病院です。今は一般病棟に移りました」

「畏《おそ》れ入ります、お名前を……」

「岡林《おかばやし》です。岡林昇《のぼる》」

一子は礼を言って丁寧に頭を下げた。

女は振り上げた拳《こぶし》の下ろし所を見失ったようで、なおもブツブツと恨《うら》み言を呟いたが、それ以上騒ぎを起こさずに出ていった。

「皆さん、ご心配をお掛けしてごめんなさい。今日、保健所に行って検査してもらいます。経過はキチンとご報告いたしますので、どうぞご安心ください。またのご来店をお待ちしています」

二三はお客さんたちに笑顔を振りまき、ことさら明るい声で言った。

「何、それ？」

「新手の強請《ゆすり》か何かですか？」

一時過ぎに来店した梓と三原は、抗議に現れた女の一件に、それぞれ驚きと不快感をあらわにした。

「私も三原さんもなんともないし、他のお客さんも具合悪くないんでしょ？」

「うん。でも、客商売だからね。たとえ間違いでも、一度悪い評判立てられると、客足に影響が出るから」

「中年以上の人は、まだあの辛子レンコンの中毒事件を覚えてるし」

溜息《ためいき》交じりに呟く一子を見遣り、三原は同情を込めて頷いた。

「それにしても、一子さんは大したものです。お客さんも安心したでしょう。やはり保健所の手で白黒をハッキリさせてもらうのが、一番ですよ」

「ねえ、もしかして、ここに保健所の立ち入り検査が入るわけ？」

今度は梓が心配そうな顔になった。

「それって、イメージ悪くならない？」

「一時的にはそうかも知れないけど、キチンと調べてもらった方が、後々安心できるから」

二三は冷蔵庫を指さした。

「お店で出した食べ物は、全部サンプル取って冷凍保存してあるの、過去二週間分。それさえ調べてもらえば、絶対にうちは潔白だって証明されるはずよ」

それは〝検食〟と呼ばれる衛生検査用サンプルである。給食施設や仕出し・弁当業では検食の保存が義務づけられているが、はじめ食堂のような小さな店は、その義務を免れている。しかし二三は、調理師の資格を取って以来、万が一に備えて検食を取るようになった。

「無駄かもしれないと思ってたけど、こういうことがあると〝やっててよかった〟よ」

一同は安堵《あんど》して笑みを漏らしたが、やはり屈託が消えたわけではなかった。

二三はまず、聖路加病院の近くにある中央区保健所に赴いた。食中毒が発生すると病院から管轄の保健所に通報が行くので、食中毒の件を話すと、すぐに食品衛生係の担当者が応対に出た。

「わざわざお越し頂いて、ご苦労様です。最初に申し上げておきますが、感染源は調査中の段階です。ボツリヌス菌の混入した食品がお宅の店のものか、よその店のものか、あるいは家庭で出された食材か、すべて調査を元に、これから特定します」

「どうぞ、よろしくお願いします」

二三は正直に、一昨日の出来事を話した。

「うちの店では他のお客様も、店の者も、みんな辛子レンコンを食べましたが、誰も体調を崩した人はいません。本当に辛子レンコンが原因かどうか、私は疑問を抱いております」

一切隠し立てをせず、調査に協力を惜しまないと申し出た二三に、担当者も好感を抱いたらしい。実は……と打ち明けてくれた。

「かつての事件が印象に残っているので、世間ではボツリヌス菌中毒と言えば辛子レンコンと結びつけていますが、古代ギリシャ、ローマ帝国時代からハムやソーセージを食べて起こす中毒として知られていたんですよ。それに、前の事件では辛子レンコンを真空パックにしていました。ボツリヌス菌は嫌気性だから、空気を遮断したことで一挙に増殖したわけです」

はじめ食堂では真空パックなどしていない。

「もう一つ、気になるのは……」

あの日、岡林と一緒に来店した女性職員の一人も中毒症状を起こして入院している。二人が同じ物を食べる機会は昼食のみで、他には接点がないという。

「そんなわけで、お宅には気の毒ですが、調査にはご協力下さい」

「こちらこそ」

二三は頭を下げ、これから患者を見舞いに行くと打ち明けた。

「岡林さんと、もう一人の患者さんの名前を教えて頂けませんか？」

「水木《みずき》さやかという人です。やはり聖路加病院に搬送されています」

担当者は書類を繰って教えてくれた。二人とも昨日の昼過ぎ、会社で発症して救急搬送されたのだった。

「しかし、見舞いに行かれるのは、感染源が特定されてからでよろしいんじゃありませんか？　今行くと、まるで責任があるように受け取られかねませんよ」

「それはそれとして、お店のお客様ですから」

二三は保健所を出て、聖路加病院に向った。

ボツリヌス菌は神経毒で、わずか数百グラムで人類を死滅させることが可能なほど毒性が強く、致死率は約二十～三十％に達する。潜伏期間は通常八～三十六時間と言われ、まずは腹痛・嘔吐《おうと》・下痢など普通の食中毒の症状に始まり、めまい・頭痛・かすみ目・嚥下《えんげ》困難などの症状が続き、四肢の麻痺《まひ》や呼吸困難が進行して死に至る。その間、意識は明《めい》瞭《りょう》に保っているので、これほど恐ろしく残酷な毒はないだろう。

岡林昇と水木さやかは既に一般病棟に移された。幸い、危機は脱したらしい。

岡林の病室は個室だった。

「ごめんください」

ノックしてドアを開けると、付き添いはなく、一人ベッドに仰臥《ぎょうが》していた。白衣姿でない二三を見て、一瞬眉を寄せて目を凝らしたが、すぐに誰か分ったようで、不快そうに顔をしかめた。

「この度は大変ご災難でございました。ご家族の皆さまも、どんなにかご心配だったでしょう。こちらは店からの気持ちでございます」

二三はハンドタオルの箱を傍らの台に置いた。

「まったく、お宅のお陰でひどい目に遭ったよ。ボツリヌス菌というのは猛毒だそうじゃないか。もし手遅れになっていたらと思うとゾッとするよ」

岡林は憎々しげに唇を歪《ゆが》めた。

「僕は責任ある立場なんだよ。会社の忙しい時期に何日も入院だなんて、冗談じゃない。この責任をどう取るつもりなんだ?」

「お身体《からだ》のことは、大変お気の毒に存じております」

二三はもう一度頭を下げてから、きっぱりと言った。

「保健所でも感染源が何か、まだ特定できておりません。ただ、店の方にも検査が入りますので、何が原因か、近いうちにハッキリするはずです。お詫《わ》びの件につきましては、結果が出ましてから、またお話しさせて下さい」

「それじゃあんたは、他人をこんな目に遭わせておきながら、保健所の検査が終るまで、何の責任もないと言うつもりかね？」

「そうは申しておりません。だからこうしてお見舞いに伺いました」

「僕は危うく死にかけたんだぞ。この責任は、きっちり取ってもらうからな」

何を言っても病人を興奮させるだけで、まともな話はできそうにない。二三は諦《あきら》めて一礼し、病室を後にした。

水木さやかは六人部屋に入っていた。

二三が声をかけてベッドの傍らに立つと、怪訝《けげん》そうに凝視した。

「はじめ食堂の店主の、一《にのまえ》と申します。この度はご災難でございました」

「ああ、佃《つくだ》の食堂の……」

二三が誰か分ると、さやかは岡林とは対照的に、気の毒そうな顔をした。

「お宅も大変ねえ。わざわざ来てくれなくても良かったのに」

恐縮する二三に、さやかは椅子《いす》を勧めた。

「そうだ。課長の容態は如何《いかが》でした？」

「順調に回復に向っていらっしゃるようですよ。ご機嫌は悪かったですけど」

「そう。良かったわ」

入院中のことで化粧気もないが、さやかは色が白く、肌がきれいだった。地味で寂しげな印象だから目立たないが、顔立ちも整っている。服装と髪型とメイキャップ次第で、かなり美しくなるはずだと、大東《だいとう》デパートの凄腕《すごうで》バイヤーとして鳴らした頃の目になって、二三はじっくり観察した。

「先ほど、保健所に行ってきました」

二三が保健所から聞いた話を説明すると、さやかはあっさり納得した。

「私も、お宅の店に責任を負わせるのは無理だと思うわ。一緒にご飯食べた二人はピンピンしてるし、他のお客さんに中毒、出てないんでしょ？」

「はい。有り体《てい》に申し上げれば」

「私と課長だけなんて、変なの」

さやかはふっと微笑《ほほえ》んだ。

不思議なことに、二三はさやかがこの災難を楽しんでいるような印象を受けた。

はじめ食堂に戻ると、一子と万里が不安そうな顔で帰りを待っていた。

「おばちゃん、さっき電話したんだよ」

「ごめん。病院だからスマホ切ってて……どうしたの？」

「新聞が取材に来たのよ」

「ええっ？」

二三は鳩尾《みぞおち》のあたりをギュッと掴《つか》まれたような気がした。

「まさか、うちが感染源だって書くんじゃないでしょうね？」

「まさか、それはないわ。でも、佃の食堂で昼ご飯を食べた翌日に中毒症状が出た……くらいは書かれると思う」

「それだけだって、大ダメージだよ」

お客さんにははじめ食堂だと分ってしまうだろう。

「大丈夫よ、うちは潔白なんだから。保健所が調べればすぐ分るわ」

とは言え、それまでは客足が落ちることも覚悟しなくてはならない。そして、一度減った客足を取り戻さなくてはならない。

「さあ、夜の準備に入らないと」

二三は意識して声を励ました。


「ひでえ言い掛かりだ」

その夕方、開店早々店にやってきた山手政夫は、それこそ頭から湯気を立てるような剣幕だった。

「俺は親父《おやじ》の代からここでメシ食って酒飲んでんだ。今まで一度も間違いがなかったってのに、何ふざけたことを抜かしやがる」

「一昨日は夜のお客さんだってみんな辛子レンコン食べてるのに、何でもなかったじゃない。それなのに、変だよ」

康平も納得できない顔で山手に続いた。

「中毒になった二人は、おやつに何か食べたんじゃないですか？　同じ職場なら、同じものを食べるでしょう」

「ただ、後藤さん、それだと他の人も中毒になると思うんですよ」

後藤はしきりに首をひねった。

「何か別のルートがあるはずなんですがねえ……」

夜九時過ぎに帰宅した要は食中毒事件を聞かされて、珍しく心配そうな顔をした。

「濡《ぬ》れ衣《ぎぬ》晴れても、イメージダウンだよね。どうすんの？」

「どうもしないわよ。今まで通り、お店を開けるだけ」

二三の言葉を受けて、一子が力強く断言した。

「あたしは覚悟を決めましたよ。噂《うわさ》を信じて足が遠のくお客さんもいるかも知れない。でも、今まで通り贔屓《ひいき》にして下さるお客さんもいる。そういうお客さんの気持ちに応《こた》えて、安くて美味しい物を出す。それしか道はないって」

要も頷いたが、それでも気持ちは晴れなかった。

「でも、悔しいわ。よりによって、どうしてうちみたいなちっぽけな店が、こんな騒動に巻き込まれなくちゃならないの？　もっと大々的に商売してる店はいっぱいあるのにさ」

「ものは考えようよ。うちみたいなちっぽけな店だから、メニューも食材も限られてるし、大きい店より疑いは晴らし易《やす》いじゃない」

「その通り。それに、ふみちゃんはさすがだよ。キチンと検食取っといてくれたから、うちには潔白の証拠がある。はじめ食堂は、こんなことじゃビクともしないよ」

「要もさ、心配すんなら友達連れてこいよ。喰《く》えば分る」

「うん。そうする」

とは言え、二三も一子も万里も、このままで済むとは思っていなかった。食中毒は、たとえ風評であったとしても、それだけで店を吹き飛ばす威力があるのだ。


翌日、朝刊を取ってきて社会面を広げた瞬間、三人の予感は的中したことが分った。あまり大きな事件がなかったのか、「ボツリヌス菌中毒発生」の記事は中くらいの扱いになっていた。「ワカイの月島分室に勤務する男性社員と契約社員の女性が、佃の食堂で昼食を食べた翌日、中毒症状を発症した」という書き方は、嘘《うそ》ではないがはじめ食堂が怪しいと言っているのと同じだった。

二三と一子は思わず目を見合わせたが、敢《あ》えてその記事には触れなかった。

その日のランチは、昨日より二、三割客が少なかった。ワカイ分室に勤める人間はもとより、週に何度も来てくれるお馴染みさんの中でも何人か、現れない人がいた。

二三も一子も普段と変らず明るく振る舞っていたが、心の中は不安でいっぱいだった。

五十年以上掛けて築いたはじめ食堂の信用と、お客さんたちとの絆《きずな》が、風前の灯火《ともしび》になってしまったようだ。そう、それを築くには長い時間が必要なのに、壊すのは一瞬で事足りる。何という理不尽だろう。

考えると涙が溢《あふ》れそうになり、二三はあわてて気持ちを立て直した。

一時を回った頃、いつものように梓と三原がやってきた。

「え〜と、あたし、アジフライ定食」

「煮魚お願いします」

「はい、ありがとうございます」

席に着くやいなや、おしぼりとお茶が運ばれてくる。いつもと同じ振る舞いだが、一子と二三の顔色が冴えないことに、二人ともすぐ気が付いた。

「皆さん、お辛《つら》いでしょうが、もう少しの辛抱ですよ。保健所の検査で感染源が特定されれば、この店の濡れ衣も晴らせます」

「そうよ。一時的に敬遠したお客だって、必ず戻ってくるわ。ここのランチ食べたら、他の店へ行くのはつまんないもん」

二三も一子も万里も、深々と頭を下げた。

「ありがとうございます。そう言って頂けると、勇気が……」

言い終わらぬうちにガラス戸が開き、いささか風変りな七、八人の集団が入ってきた。

「こんにちはあ！」

先頭は万里の同級生、メイこと青木《あおき》皐《すすむ》である。

「あら、皐《さつき》さん、いらっしゃい」

「今日は大勢さんで」

「みんな、お店の仲間。はい、自己紹介して」

「こんにちはあ、初めまして〜。レイラで〜す」

「アンジェリカで〜す」

「とびきり美味しいランチのお店って聞いて、楽しみにしてま〜す」

「あらあ、ランチの前に、万里君が美味しそ〜う！」

ニューハーフたちはさんざめきながら、それぞれ席に着く。日本人が六人、フィリピン人が二人だった。皐のような〝美女〟はフィリピン人を含めた四人で、残り四人は明らかに男に見える。が、全員派手やかな女装だった。

はじめ食堂の三人は胸がジンとした。皐は食中毒事件を知って、仲間を連れて応援に来てくれたのだ。

「あらあ、お味噌汁、あさりじゃない。普通は豆腐とネギかワカメなのに、感激〜！」

「小鉢の白和え、すごい手間暇掛かってるわね。高級感ビシビシ伝わってくるわ」

「海老フライのタルタルソース、マジ美味《うま》い」

見た目は風変りだが、みな美味しそうに料理を味わい、的確な批評を口にした。

「メイちゃん、この店大正解！　あたし、ファンになっちゃった」

「あたしも」

「絶対、また来る。もう、コンビニ弁当には戻れないわ」

「でしょう？」

皐は万里に向って親指を立てて見せた。

「皆さま、どうも、おやかましゅう」

皐たちはけっこうなスピードで食事を平らげると、来たときと同じく、つむじ風のように去って行った。

深々と頭を下げて見送りながら、二三は胸の中に沸々と闘志が湧《わ》くのを感じていた。

負けるもんか！

はじめ食堂は大勢のお客さんに支えられて続いてきたのだ。そのお客さんをガッカリさせるわけには行かない。絶対に濡れ衣を晴らして、信用を取り戻してみせる。

一子と万里の顔を見た。両人とも二三と同じく、決意を秘めた顔つきだった。三人は無言で頷き合った。

しかし、騒ぎは意外な形で収束に向い始めた。

その夜、ワカイ分室に勤務する派遣社員二名が、ボツリヌス菌中毒を発症したのである。一人は夫と子供があり、家族四人全員が同じ中毒症状を呈した。そして、二人ともはじめ食堂に来たことはなかった。

感染源はすぐに特定された。ヨーロッパ産のオリーブ瓶詰めである。

独身の派遣社員が有給休暇を利用してヨーロッパに旅行し、帰国後、会社で親しくしている数人に土産を配った。発症した一人はその瓶詰めオリーブをワインの肴にし、もう一人はパスタの具材に用いて家族全員が食べ、中毒を起こした。

水木さやかもオリーブ瓶詰めを土産にもらっていた。保健所の聞き取り調査に対して「昼は佃の食堂で定食を食べ、夕食には友人にもらったオリーブの瓶を開け、ハムとスモークサーモンをつまみに、赤ワインを飲みました」と答えた。

「感染源は欧州土産のオリーブ瓶詰め！」

新聞に見出しの文字が躍った。

その日のランチには、朝刊を見たらしいお客さんが次々と訪れた。足が遠のいていたワカイ分室のＯＬも何人かやってきた。

「良かったわね。濡れ衣が晴れて」

「お宅は中毒とは関係ないと思ってたけど、こうやって結果が出ると安心できるわ」

みな、口々に慰めてくれた。

二三も一子も万里も、ホッと胸をなで下ろしたことは言うまでもない。

しかし、一時を過ぎ、ランチタイムの慌ただしさが一段落すると、安堵と共にモヤモヤした感情が湧き起こってきた。

「なんか、アッタマくるよな」

「そうよ。どうしてうちが、こんな目に遭わなくちゃならないの」

口に出してしまうと、納得できない感情は怒りに上昇した。

「あの岡林のくそったれが!」

二三は思わず吐き捨てた。病院でさんざん詰《なじ》られた記憶はいまだに鮮明である。

「ワカイって、有名な同族会社なのよ。社長以下、重役はほとんど創業者一族で占めてるみたい」

食後の一服を美味そうに吸い込んで、梓が言った。

「店のお客さんにワカイの専務がいるんだけど、一族以外で取締役まで行ったの、創業以来なんだって。それでも専務止まりだってぼやいてた」

「意外ねえ。何となくお洒落《しゃれ》で最先端のイメージだったけど」

創業者一族が株式の五十%以上を保有する会社を同族会社と呼んでいる。また、株式出資率は低くても、経営権を握っていればファミリー企業と定義される。

「日本はファミリー企業が多いんですよ。全体の九十五%がファミリー企業と言われています。トヨタも竹中工務店もサントリーも朝日新聞も、みんなファミリー企業です」

三原の説明には、二三たちはもとより梓も驚かされた。

「知らなかったわ」

「まあ、同族でないと幹部になれないというのは極端ですが……。ただ、ワカイのような会社の場合、一般社員は幹部になれないと割り切って入社するわけですから、意外と社員のモチベーションは悪くないんですよ。入社後に熾烈《しれつ》な出世競争がない分、働きやすいかも知れません」

「そのお客さんの話だと、岡林って人は今の社長の姪《めい》と結婚したんですって。だから将来社長は無理でも、幹部の末席くらいは保証されてるそうよ」

「それで奥さん、あんなに威張ってたのね」

二三は岡林の妻の、傍若無人な態度を思い出した。同時に、優男《やさおとこ》である種女好きのする雰囲気の岡林と、二十年若返らせても決して美人とは言えなかったであろう妻の顔も、瞼《まぶた》に浮かんだ。

夜営業の支度途中の午後五時前、ガラス戸を開けて顔を覗《のぞ》かせたのは皐だった。

「お客じゃないの。ちょっと報告」

皐はつかつかと入ってきてカウンターの脇に立った。

「私のお客さんに、ワカイの社員がいるの。それが、例の岡林と同期入社なんですって」

二三たちは思わず手を止めて、目と耳を皐に向けた。

「岡林は部長のお供で、ゴルフコンペに荷物持ちで行ったとき、社長の姪に見初められて逆玉に乗ったんですって。でも、実は大学生の頃から付き合ってる恋人がいたらしいわ」

三人は同時に「おや」「まあ」「へえ」と声を漏らした。

「修羅場になった？」

皐は首を振った。

「上手く言いくるめて逃げたらしい。その後、揉《も》め事もないみたいよ。ただ、岡林は奥さんに全然頭が上がらなくて、ハリネズミみたいに警戒してるんだって。誘われてもバーやクラブには絶対に行かないし、若いＯＬとはお茶も飲まないって。ランチに連れてくのは派遣のおばさんたちばっかり」

「うん、ホント。うちに連れて来るのもおばさんばっか」

「一応知らせとくね。参考になると良いけど。また何か分ったら教えるから。じゃあ」

言うが早いか、皐はさっと身を翻《ひるがえ》して出ていった。

「皐さん、ありがとう！」

万里は腕を組み、二三と一子を交互に見た。

「おばちゃん、あの課長、怪しくない？」

「怪しい」

「少なくとも、信用はおけないね」

開店早々、店に飛び込んできたのは要だった。

「どうしたの、早いじゃない？」

「これからまた会社に戻るの。その前に……」

要は大きなショルダーバッグからＡ４の封筒を取り出した。

「『ウィークリー・アイズ』の編集部に行って、拝み倒して資料、もらってきた」

「ウィークリー・アイズ」は要の勤める出版社が刊行している週刊誌である。いくつかの週刊誌が中毒事件の記事を小さく載せていた。

封筒の中身には岡林とさやかの履歴のメモもあった。それによれば、さやかのワカイ派遣は一年前だった。そして……。

「二人、同じ大学じゃん！」

「しかも一年違い！」

「これ、何かある！」

三人は同時に叫んだ。

疑惑は既に、二三の中では確信に変っていた。病室でのさやかの鷹揚《おうよう》な態度、楽しんでいるような表情、何となく意味ありげな風情。その全《すべ》てが、岡林との特殊な関係を物語っているではないか。

小細工はしない。正面からぶつかってみよう。

二三は心を決めた。

さやかは既に退院し、職場にも復帰していた。

電話して「大事な話があるのでお目に掛かって話したい」と頼むと、予想に反して「今日は四時で上がるので、直接はじめ食堂に伺う」という返事だった。

「もっとごちゃごちゃ言って拒否すると思ってたんだけど」

二三はさやかの度胸の良さに感心すると同時に、何か揺るぎない自信に支えられている感じがして、いささか不気味でもあった。

「こんにちは」

さやかは四時十五分過ぎに、ランチでも食べに来たような気軽さで現れた。

「お呼び立てしてすみません」

さやかはテーブル席に座り、向かいには二三と一子が並んで腰を下ろした。万里はカウンターの後ろに控えている。

「食中毒の件で、確かめておきたいことがあるんです」

さやかは黙って頷いた。落ち着いた余裕のある態度で、話をせかす素振りはまるでない。

「うちでランチを召し上がった日の夜、岡林さんと一緒に感染源のオリーブを食べたんじゃありませんか？」

「どうして？」

さやかは上目遣いに二三を見て、かすかに微笑んだ。まるで動揺していない。

「他に考えようがないんです。感染源がオリーブの瓶詰めなら、岡林さんも何処《どこ》かで口にしているはずです」

「そうね。でも私と一緒とは限らないでしょう。他の誰かのところで食べたのかも知れないわ」

「あなたと岡林さんが車で、ラブホテルから出てくるのを見た人がいます」

二三がハッタリをかますと、さやかはプッと吹き出した。

「嫌だわ、そんなら先に言ってよ。身構えて損しちゃった」

二三も一子もカウンターの後ろの万里も、呆気《あっけ》に取られた。

「岡林って臆病《おくびょう》なのよ。おまけにケチ。デートするのは知り合いに会う可能性の少ない五反田裏のシケたラブホばっかり。どうせバレるなら一度くらい帝都ホテルに連れてってもらうんだったわ」

さやかは感傷のない、さばさばした口調で続けた。

「岡林の家は白金《しろかね》のマンションだから、五反田から帰るには便利かも知れないけど、うちは東陽町《とうようちょう》なのよ。月島から五反田なんて、すごい遠回りじゃない。あの人、相手の都合なんて全然考えないんだから」

そして、バカにしたように鼻の頭にシワを寄せた。

「奥さんにばれると困るからって、夕ご飯も一緒に食べないのよ。帰ってから食事できるようにしたの。あんまり貧乏臭いから、私がワインとつまみだけ用意して、ホテルで乾杯するようにしたの。この前はヨーロッパ土産のオリーブと生ハムを持っていったわ。そうしたら、あんなことになっちゃって……」

さやかのあまりにもあけすけな告白に、二三は呆《あき》れながらも感心してしまった。

「学生時代から岡林さんとお付き合いしていたと聞きました……恋人同士だったと。それが、岡林さんは社長の姪に見初められて、逆玉に乗ってしまった」

「ええ。ホント、アッタマ来たわ。完全な掌《てのひらがえ》返しなんだもの。あの人、ワカイの内定もらったとき、出世競争でガツガツしたくない、君と穏やかに暮らしたい、二人で温かな家庭を作りたいって言ってたのよ。それが幹部への道が見えた途端、後も振り返らずあのブスにダッシュよ。さすがに、みっともないと思ったわ」

「そんな男と、どうしてよりなんか戻したんです?」

一子が尋ねた。心底不思議そうに。

「まあ、成り行きっちゃ、成り行きなんですけど……」

さやかは岡林と別れた翌年結婚したが、二年で離婚した。三年前、勤めていた会社が業績不振でリストラに遭い、現在の派遣会社に登録し、派遣社員として働くようになった。

「そうしたら去年、ワカイの月島分室へ派遣が決まったの。まさかと思ったら岡林が上司で、ビックリしたわ」

さやかに抑えがたい感情が芽生えたのは、その偶然のせいだった。毎日同じ職場で顔を合わせていると、どうしても感情が波立ち、昔のあれこれを思い出してしまう。

「切っ掛けは、今となっては思い出せないわ。岡林は奥さんの尻に敷かれて鬱屈《うっくつ》していたし、私はその気になっていたから、お互い準備ＯＫの状態だったんでしょうね」

一子はなおも首を傾《かし》げた。

「伺っていると、あなたは岡林さんにまるで愛情がないように思います。それなのに、どうしてわざわざそんなことを？」

「だって、やられっぱなしじゃ、悔しいじゃありませんか」

さやかは憤然として言った。

「どんな深手を負っても、一矢報いることができれば、人間は回復できます。でも、一方的にやられっぱなしで終ると、一生傷が残るんです。まあ、岡林が私に残したのは傷というより、靴の底にくっついたガムみたいなもんですけどね。それでも取らないと気持ち悪いでしょう」

二三は、さやかの言うことにも一理あると思った。病院で岡林に一方的に非難攻撃されたことを思い出すと、今でも腹が立つ。あの時一言でも言い返すことができたら、すべて忘れられたかも知れないのに。

「関係が復活してからの岡林は、私に夢中でした。毎日奥さんに威張られてるから、下手《したて》に出てやると喜ぶんですよ。『結婚したけどあなたのことが忘れられなくて離婚した』と言ったら、大喜びしてました。男ってホントにバカでうぬぼれやですよねえ。『僕を愛するが故に不幸になった昔の恋人』って神話を信じてるのよ。女の恋は上書き保存、別れたら次の人って、知らないのよね。私が離婚したのは、相手がギャンブル依存症だったからなのに」

さやかは勝ち誇ったように高笑いした。

「それで、あなたはこれからどうなさるの？」

「今まで通りですよ」

一子の質問に、さやかは即答した。

「今の仕事はお給料も良いし、条件も悪くないし。契約満了まで続けます。岡林の方は奥さんに浮気がバレて、どっかに飛ばされるかも知れないけど」

「奥さんは、あなたのことも不倫で訴えるかも知れませんよ」

「そうしたら『上司に関係を強要された』って、セクハラで逆告訴してやりますよ」

さやかはあくまで強気だった。

「私は、そろそろ岡林の奥さんにバラしてやるつもりでした。これ以上関係を続けるのもアホくさいし。今回、中毒事件が起ったのは、私には都合が良かったけど、お宅にはご迷惑掛けました。それについては申し訳なかったと思っています」

さやかは言葉を切り、キチンと頭を下げた。

「お詫びに会社でもいっぱい宣伝しておきますね。お宅のランチ、お世辞抜きで優秀です。美味しくて栄養バランスが良くてお安くて。おまけにお店の人が親切で」

さやかは椅子を引いて立ち上がり、最後にニッコリ微笑んだ。

「色々とお騒がせしました。それじゃ、失礼」

ガラス戸が閉まると、二三は一子と顔を見合わせ、どちらからともなく溜息を吐《つ》いた。カウンターの後ろから出てきた万里も、毒気に当てられたようで、げんなりした顔をしている。

「女って、こえ～！」

「まあね。でも、ここまで本音全開だと、かえって憎めないわ」

「一応、一本筋が通ってたしね。情けないのは男の方だよ」

一子が壁の時計を見上げた。

「おや、もうこんな時間。仕込みに入らなきゃあ」

万里は三角巾《さんかくきん》代りのバンダナを頭に巻きながらぼやいた。

「当分、辛子レンコンは封印しよっと」

第五話 モツ煮込みよ、大志を抱け

近年は暖冬が続いているが、十二月の声を聞くと、東京もいよいよ冬の訪れを感じ始める。

何しろ気の早い店は十一月からクリスマス商戦に突入しているのだ。十二月ともなれば街のそこかしこからジングル・ベルが聞こえてくる。街を歩けばいやが上にも気分は煽《あお》られ、クリスマス・年の瀬・お正月……と先走ってしまう。

「で、バーゲン会場に走って、要《い》りもしない物買っちゃうのよね」

野田《のだ》梓《あずさ》は食後の一服を深々と吸い込み、溜息《ためいき》と共に吐き出した。

ここは佃《つくだ》のはじめ食堂。いつものようにお客さんの波の引いた一時過ぎに来店し、ゆっくりランチを味わった午後のひとときで、時計の針は一時四十分を指していた。

「ふみちゃんが従業員優待券どっさりくれるしさあ、仕事着の二、三枚は新調しないと女が立たないじゃない」

「その節はホントありがとうねえ、野田ちゃん」

二三《ふみ》はデザートのリンゴの皿を梓と、隣のテーブルでお茶を飲んでいる三原茂之《みはらしげゆき》の前に置いた。今の時間、お客さんはご常連のこの二人しかいない。

「あらら、なに？　罪滅ぼし？　サービス？」

「サービス。頂き物だけど」

「ワオ。嬉《うれ》しい」

「いただきます。僕は昔の人間だから、冬の果物といえばリンゴとミカンですよ」

三原は嬉しそうにリンゴを一切れつまみ、口に運んだ。

「ま、こっちもふみちゃんには接待でずいぶんお世話になったから、お互い様だけどね」

梓もサクッとリンゴを噛《か》んだ。

梓は銀座の老舗《しにせ》クラブのチーママで、二三ははじめ食堂の厨房《ちゅうぼう》に入る前は、大東《だいとう》デパートの婦人衣料バイヤーだった。梓は大東デパートで営業用の服を買い、二三は取引先の接待に梓の店を利用した。その頃からの付き合いなので、二人は「野田ちゃん」「ふみちゃん」と呼び合う仲なのだ。

梓はリンゴを食べ終わり、ふとカウンターの向こうに目を遣《や》った。

「ねえ、なに煮てるの？」

換気扇に盛大に湯気が吸い込まれて行く。普段、この時間は火を使う調理は終わっていて、換気扇も静かなのだが。

「モツ、茹《ゆ》でてるんです。三回は茹でこぼさないと、臭みが取れないんで」

カウンター越しに万里《ばんり》が答えた。

「モツ煮込みを作るんですか？」

今度は三原が訊《き》いた。

「ええ。万里君の提案で」

「今日、場外の肉屋で、牛モツ買ってきたんです。やっぱり、夜は居酒屋だから、一度はモツ煮込みも出そうと思って」

「それは素晴しい」

「美味《おい》しそう。でも、お昼のメニューにはないんでしょ？」

「大丈夫。明日、小鉢で出す予定です」

「ワオ」

おでん・焼き鳥・モツ煮込みは居酒屋の定番メニューだが、はじめ食堂ではおでんしか扱っていなかった。焼き鳥は近所に「鳥千《とりせん》」という焼き鳥屋があるのでメニューから外し、モツ煮込みは「おでんと同じ煮物だし」という理由で外した。しかし、今年の秋からおでんをお休みしている。

「じゃ、せっかくだから、モツ煮込みやろうよ」

という万里の一声で、モツ煮込みのメニュー追加が決定した。

美味しいモツ煮込みを作るための鉄則は、まず質の良いモツを用いることと下処理を十分にすることである。

築地場外の肉屋で仕入れたモツ、即《すなわ》ち内臓肉のパックには小腸だけでなく、胃・心臓・横隔膜・肝臓・腎臓などの部位も入っている。その方が食べ応《ごた》えがあるというのが、三人の一致した意見だった。

モツは大きな鍋《なべ》にたっぷり水を入れ、ひたすら茹でる。途中で汁を捨て、新しい水に替えてまた茹でる。これを二、三回繰り返す。そうするとモツの臭みが抜け、柔らかくなる。

下処理が終わったらいよいよ煮込みに掛かる。大根・人参《にんじん》・ゴボウ・コンニャクと一緒に、酒をたっぷり入れて煮て、野菜類が柔らかくなったら味噌《みそ》を入れ、醤油《しょうゆ》で味を調える。砂糖は好みにもよるが、隠し味程度に入れる方が辛党には喜ばれる。

器に盛ったら刻みネギを掛ける。好みで刻み生姜《しょうが》を加えても良いし、七味を掛けても良い。

煮込み料理の良いところは、時間は掛かるが手間はそれほど掛からないところだ。

その日のはじめ食堂も、モツを茹でる間に他の諸々《もろもろ》の準備をして、いつも通り夜営業の開店時間を迎えた。

「康平《こうへい》さん、新メニューーモツ煮込み！」

口開けの客になった辰浪《たつなみ》康平に、万里は注文も訊かずに湯気の立つ小鉢を差し出した。

「そう言えば、この店でモツ煮込みって、なかったよな」

康平も当たり前のような顔で小鉢を受け取り、箸《はし》を付ける。

「どう？」

尋ねる万里の後ろから、二三と一子も見守っている。三人とも今までモツ煮込みを作ったことがないので、お客さんに出す前に味見はしたものの、やはり心配なのだ。

「美味《うま》い！」

康平は箸を置いて言った。

「これはいけるよ。柔らかくてとろけそう。臭みも全然ない。これなら山手《やまて》のおじさんも後藤《ごとう》さんも全然ＯＫだね」

「ああ、良かった」

一子はホッと溜息を吐《つ》いた。

「おばちゃん、モツ煮込み、これから定番にするの？」

「評判次第だけどね。でも、冬の間は良いんじゃないかしら」

「良いと思うよ。これならレベル超えてるし。俺的には白モツ以外にもいろんなモツが入ってるのが嬉しいな」

万里はニッと笑って親指を立て、二三と一子はハイタッチした。

「これなら歯がなくても食えるな」

「すぐ出てくるところが良い」

十分遅れで入ってきた山手政夫《まさお》と後藤輝明《てるあき》も、モツ煮込みに舌鼓を打った。

「これはランチにも出すのかい？」

「うん。明日の小鉢で」

「メインはやめとこうと思って。何となくサイドメニューのイメージだし」

万里に続いて二三が答えると、山手はうんうんと頷《うなず》いた。

「まあ、それが無難かもしんねえな。モツは好き嫌いがあるだろうから」

八時を回った頃、料理研究家の菊川瑠美《きくかわるみ》が店に入ってきた。

「先生、新作メニューでモツ煮込みありますけど、如何《いかが》ですか？」

「いただくわ。私、モツ大好きなの」

瑠美はメニューを見ながら、キノコのソテーと蒸し野菜、中華風オムレツを注文した。

「二三さん、私、締めは煮麺《にゅうめん》のSサイズで」

蒸し野菜はやはり万里の提案した新メニューで、タマネギ・人参・ブロッコリー・パプリカなど、彩りのきれいな野菜を蒸し……実は電子レンジでチンして、三種類のソース（アンチョビ・塩麹《しおこうじ》・マヨネーズ）を添えただけの、いたって簡単な料理である。それが意外と好評で、女性の混じったテーブルでは必ず注文が出る。

「絶対受けると思った。バーニャ・カウダ、人気だもん。チンするだけだから俺らも楽だし」

とは鼻高々の万里の弁である。

「まあ、美味しい。丁寧に何度も茹でてあるのね。トロットロだわ」

瑠美はモツ煮込みを口に含むや、顔をほころばせた。

「私、正肉より臓物の方が好きなの。焼き鳥より焼きトン」

上品で知的な外見に似合わない発言である。

「日本は本格的に肉食を始めてまだ一五〇年くらいかしら。歴史が浅いけど、昔から肉を食べてきた民族は、内臓は絶対に捨てないわよ。血も、捨てないでソーセージに混ぜるし。動物を屠《ほふ》ったら、何一つ無駄にしないで使い切るのが習慣になってるのね」

二三にも思い当たることがあった。

「フランスやイタリアで、内臓料理を食べた記憶があります」

「ああ、『メッシタ』のトリッパが食べたい！　ここのモツ煮を食べたら、急に思い出しちゃったわ。目黒にあったんだけど、今年閉店しちゃってねえ……」

瑠美は残念そうに溜息を吐くと、モツ煮の汁をズズッと飲んだ。

「日本人だって、魚の内臓は捨てないぜ。卵も白子も腸も、全部料理に使うからな」

ぬる燗《かん》の猪口《ちょこ》を片手に、山手が言った。カウンターには中華風冷《ひ》や奴《やっこ》・ポテトサラダ・ブロッコリーの蟹餡《かにあん》かけが並んでいる。

「ナマコの内臓まで塩辛にすんだから、昔の日本人はすげえよ」

焼きたての赤魚粕《かす》漬《づ》けの身をほぐしながら、康平が応じた。

「はい、お待ち」

万里が山手の前に中華風オムレツの皿を置いた。

「昔テレビで見たが、ロシアの漁船の漁師は、蟹が獲《と》れると足だけもいで、甲羅を海に捨てたっけ。俺は血圧上がりそうだった」

蟹餡の掛かったブロッコリーをつまんで、思い出したように後藤が言った。

「バチあたりめ!」

「ああ、蟹味噌・卵・甲羅酒。勿体《もったい》ない……」

山手が吼《ほ》えれば康平が嘆く。

「先生、外国人は海の幸を大事にしないんですかね?」

「そんなことありませんよ。昔から魚介類を食べていた民族は、卵も白子も食べますし、イタリアの南部ではコラトゥーラって言う魚醤《ぎょしょう》も作ってるんですよ」

「へええ。イタリアにもしょっつるが?」

瑠美はぬる燗の杯を干し、大きく頷いた。

「それから、ヨーロッパでは昔から、身体《からだ》の具合が悪い人は、動物の同じ臓器を食べれば回復するっていう考えがあって、胃の悪い人は胃を、腎臓が悪い人は腎臓を、心臓が悪い人は心臓を食べたんです。その意味でも、内臓は大切なんですよ」

「なるほど。ライオンもカモシカを仕留めたら、まず内臓から食べるもんね」

万里が分ったような分らないような意見を述べた。

「おばちゃん、締めは白菜のお新香とワカメの味噌汁でご飯ね」

康平がカウンターの向うで笑っている一子に声をかけた。


はじめ食堂をつむじ風が吹き抜けたのは、翌日のことだった。

ランチ営業を終り、「営業中」の札を裏返して「支度中」に替え、三人は賄いを食べ始めた。

「やっぱり、モツ煮は大成功だったわね」

お客さんたちは大喜びで、残す人は一人もいなかった。

「女の人には『冷や奴に替えて下さい』って言う人がいるかと思ったけど、存外皆さん良く召し上がって」

「これもみんな万里君のお陰ですって」

二三と一子の後を受けて、万里がニヤリと笑って言った。

「お世辞じゃなくて、結構本気でそう思うわ。新しいメンバーが入って、良い感じで変化が起きたみたい」

「そうねえ。やっぱり、あたしとふみちゃんのコンビは長いから、少しマンネリになってたのかも知れない」

「でもまあ、そのマンネリズムがはじめ食堂の魅力だよね」

　万里は賄いに海老《えび》フライを揚げてもらったのでご機嫌だ。二三と一子は焼き魚定食で残ったサバの醬油漬を食べている。

　ちなみに今日の小鉢の一つは白菜のお浸し。相棒がこってり系のモツ煮なので、さっぱり系の野菜でバランスを取っている。しかも白菜はひと株でお浸し三十人分の量になる。モツで仕入れ値が掛かった分、白菜で節約というわけだ。

「ホント、食材・栄養・値段と、どれを取ってもうちのメニューって、バランス良いわよねえ。自画自賛しちゃうわ」

　二三はモツ煮の最後の一切れを口に運び、目尻を下げた。

　自分が食べたいと思う料理、食べて美味しいと思う料理を他人様《ひとさま》にも出す、というのが二三と一子の一貫して変らない姿勢である。多くの常連さんに愛され、ご新規のお客さんも増えつつあるのは、その思いが通じたからだろう。二三も一子もそのことを誇りに思い、感謝の念を忘れない。そして、はじめ食堂を取り巻く幸せな状況がいつまでも続きますようにと、祈らずにはいられない気持ちだった。何故なら、幸福は長い時間を掛けて築かれるものなのに、不幸は一瞬にしてすべてを奪い去るものだから。

賄いを食べ終わる頃、一子が言った。

「万里君、モツ煮の残り、お家《うち》に持ってらっしゃい」

「いつもありがとう、おばちゃん。お袋、最近はすっかり当てにしてて、『ねえ、白和《しらあ》えが食べたいわ』とか『また鰯《いわし》のカレー揚げ、作ってよ』とか言っちゃってさ。『ママのために作ってんじゃないから』って言ったんだけど、分ってないよな」

万里は徒歩三分のご近所に住んでいるので、昼休みは自宅へ帰る。ごく自然に、店の料理で余ったものを持たせてやるようになった。

万里の家は父が中学校校長、母が高校教師の共働きなので、夕飯のおかず（しかも息子の手作り！）をとても喜んで、去年は母親がお歳暮を届けてくれた。二三と一子は恐縮して「ボーナス代りですから」と辞退したが、「バカ息子を更生させていただいたお礼です」と言われ、いただくことにした。

そんな経緯を知ってか知らずか、万里ははじめ食堂で真面目《まじめ》に働き続け、今や店になくてはならない若頭的存在となった。

万里がこの先も食堂で働くか、独立して自分の店を持つか、あるいは当初の望み通り小説家の道を歩むのかは分らない。だが、どんな道を選んでも、はじめ食堂で過ごした日々が万里にとって他には代えがたいものになっていることを、二三も一子も信じて疑わなかった。

と、店の電話が鳴った。

「お電話ありがとうございます。はじめ食堂でございます」

二三が出ると、受話器から聞き覚えのない女の声が流れた。

「突然お電話して失礼いたします。わたくし、衛星放送のＢＳエイトで『居酒屋天国』という番組を制作しております、福本《ふくもと》と申します」

「はあ」

「居酒屋天国」という番組なら知っていた。吉永《よしなが》レオというイラストレーターがあちこちの居酒屋を飲み歩く番組で、もう十年近く続いている。開始当初は地味だったが、徐々に人気が上がり、今ではＢＳエイトの看板番組と言われていた。

「実は、来年放送の新年特番で、是非はじめ食堂さんを紹介させていただきたいと思いまして」

「まあ」

番組で取り上げられれば、熱烈な信奉者が「聖地巡礼」に訪れ、行列の出来る繁盛店になった店も少なくないと聞いている。

「それは、願ってもないことで」

「番組へのご出演、ＯＫしていただけますか？」

「はい、もちろん。ただ、うちは至って普通の町の食堂で、夜もどこにでもあるような居酒屋なんですよ。それでよろしいんですか？」

「もちろんですとも。そういうお店を紹介するのが当番組のポリシーです。何しろタイトルが『居酒屋天国』ですから」

それから、打合せに訪れる日にちの都合を聞かれ、手短な遣り取りの後に通話は終わった。

二三は興奮して、受話器を握ったまま一子と万里を振り返った。

「ねえ、ねえ、ビッグ・ニュース。年明けに『居酒屋天国』で紹介してくれるんだって！」

「すげえ！」

万里は文字通り跳び上がった。

一子は一瞬「ええと……」と眉《まゆ》を寄せ、やっと思い出したのか「ああ、あの」と頷いた。

「明日、昼休みに打合せに来るって。そのとき、撮影の日時とか決めるみたい」

「ああ、俺、興奮するなあ。みんなにメールしなきゃ」

万里は両手を握りしめて立ったり座ったり回ったり、居ても立ってもいられない様子だった。

その夜の営業でも、お客さんたちに「居酒屋天国」出演が決まったと吹聴した。

「そりゃすごい」

「はじめ食堂も出世したな」

みな口々に言って喜んでくれた。

「ねえねえ、番組ではどんなメニュー出すの？」

康平は好奇心丸出しで訊いた。

「いつもと同じ。ない袖《そで》は振れないからね」

一子はさらりと答え、普段とまったく変らない。

「そうだなあ。はじめ食堂でいきなりフランス料理出てきたら、俺、引いちゃうかも」

「康ちゃん、今日の締めは何にする？」

康平はメニューを眺めてう〜ンと唸《うな》った。

「康平さん、新作の『鶏《とり》そぼろの親子丼《おやこどん》』は？」

「おう、万里の新作か。じゃあ、それで」

鶏の挽肉《ひきにく》を酒と醤油、みりんで煮て、アクを取ってから溶き卵でとじた料理が「鶏そぼろの親子煮」。料理と言うよりお総菜だが、これをご飯に掛ければ即ち丼《どんぶり》である。好みで生姜の絞り汁を垂らしても良い。

「万里、俺も締めにそれくれ」

山手も声をかけた。

「なんてこともない料理だけど、ご飯に合うよなあ」

康平は美味そうに鶏そぼろ丼を頬張《ほおば》った。

二三は忙しく立ち働くうちに、次第に興奮が収まって平常心に立ち返っていた。テレビに出ようとグルメ本に載ろうと、はじめ食堂そのものが変るわけではない。店の人間のすべきことは、いつもと同じように働いてお客さんに喜んでもらうだけだ。

そう思って眺めると、万里の浮かれぶりはいささか度を超しているように見えた。

ふと一子を見ると、一子も二三を見返して頷いた。その目に一抹の不安が宿っていることが、二三を少し不安にさせた。

閉店後、帰ってきた要《かなめ》もまた、万里に負けず劣らず浮かれていた。

「お母さん、お祖母《ばあ》ちゃん、すごいじゃない！　『居酒屋天国』に出るんだって⁉」

「あら、何故《なぜ》知ってんの？」

「万里がメールくれた。快挙、快挙！」

冷蔵庫から缶ビールを二本取り、万里と自分の前に置いた。

「神様仏様万里様だねえ」

「それは言い過ぎ」

万里は一応謙遜《けんそん》したが満更《まんざら》でもなさそうだ。

「でもさあ、はじめ食堂の歴史は半世紀以上になるけど、万里が来るまでテレビの取材なんてなかったんだから、やっぱりあんた、幸運の招き猫だよ」

「何だよ、それは」

二人ははしゃいだ声を立て、ハス蒸しとポテトサラダ、肉野菜炒《いた》めを肴《さかな》に缶ビールを二本空にした。

「ごめんください」

翌日の二時半過ぎ、ガラス戸を開けて入ってきたのは、三十代前半の男女だった。二人は二三と一子の前に立ち、笑顔を浮かべて頭を下げた。

「本日はお忙しい中をありがとうございます。BSエイトの福本と申します」

女性が差し出した名刺には「BSエイト放送株式会社　制作局　チーフ・プロデューサー　福本あかり」とあった。男の方は長野芳文《ながのよしふみ》という名で、肩書きは「ディレクター」だった。

つまり女の方が上司だ。そういう目で見れば、年は同じくらいだが、あかりの方が貫禄《かんろく》がある。

「一月六日土曜日の夜七時から、新春二時間スペシャル枠での放送を予定しています。実際の放送時間は九十分でして、そこで四軒のお店を紹介します。吉永レオが浅草から新宿へ向う散歩コースの中で、はじめ食堂さんには二番手に登場していただく予定です」

あかりは長野の並べた資料を示しながら、テキパキと撮影スケジュールを説明した。

「当日、吉永レオがお店を訪問するのは実際の営業時間中ですが、カメラ・クルーは準備のために一時間ほど早くお伺《うかが》いすることになります」

吉永レオは店に入ると、まず簡単に店の成り立ちを紹介し、酒と肴を何品か注文した後、常連客と酒を酌み交わして盛り上がって終り……というのがお決まりのコースである。

「番組の趣旨は、あくまでも普段のお店の姿を紹介することです。だから、特別なことをしていただく必要はまったくありません。普段通りでお願いします」

それを聞いて二三は改めてホッとした。もっとも、特別なことをしようにも、ない袖は振れないのだが。

「撮影には私共も同行いたしますが、お店の中まで入るのは吉永レオとカメラマンの二人だけです。なるべく他のお客様のご迷惑にならないように気をつけますが、照明器具を設置させていただきますので、場所ふさげになる点はお許し下さい」

あかりは十二月のカレンダーを資料の一番上に載せた。

「撮影日ですが、二十一日、二十二日、二十五日のいずれかでお願いできませんでしょうか？」

三人は一斉にカレンダーを見た……木曜日、金曜日、月曜日。

「二十五日の月曜日にして下さい」

万里はそう申し出て、二三と一子の方を見た。

「ね、おばちゃん、良いよね？　木曜と金曜は店が立て込むかも知れないし」

「あたしたちはいつでも良いわよ」

「私も」

それで撮影は二十五日の月曜日と決まった。クリスマス当日だが、はじめ食堂には関係ない。

「あのう、うちの他に番組に登場する店は、どこですか？」

万里が尋ねると、あかりは資料を差し出した。

「浅草の『しまや』、佃はこちらの『はじめ食堂』、青山の『JUJU』、新宿の『若菜』です。百年近い老舗から昨年開店したばかりのお店まであって、それにお店の内容もそれぞれ違っていますので、きっと面白い番組になるはずです」

あかりと長野は声を揃《そろ》えて「よろしくお願いします！」と頭を下げ、帰って行った。

「ああ、やれやれ」

二三は思い切り伸びをした。

「良かったね、お姑《かあ》さん。いつも通りで良いんだって」

一子は穏やかに微笑して頷いた。

しかし、万里の顔は緊張感が漂ったままだった。

昼休みが終り、夜営業の仕込みが始まる前、店に戻ってきた万里は、ますます緊張した顔になっていた。

「おばちゃん、ヤバいよ」

「何が？」

「一緒に番組に出る他の店。ネットで調べたら、全然居酒屋じゃねえもん」

「どうゆうこと？」

「浅草の『しまや』って店は、百年近く前から続いてる居酒屋なんだけど、三年前に日本料理屋で修業した息子が帰ってきて、それからスゴい料理のレベルが上がったらしい。写真見たら、懐石料理みたいなのがいっぱい……」

青山の「JUJU」はフランス料理店のシェフだった店主が、五年前に独立して始めた店だという。

「一応『洋風居酒屋』って看板に書いてあるけど、とんでもない。フォアグラだのオマール海老だの出してやがんの。もう、完璧《かんぺき》フレンチだよ」

新宿の「若菜」は去年開店したばかりの店だ。

「ここも、オーナーシェフがただ者じゃないんだよ。蕎麦屋《そばや》で修業した人で、締めに出す手打ち蕎麦が美味いって評判なんだってさ」

「あらあ、そんなすごい店と一緒に出してもらえるなんて、うちは丸儲《まるもう》けじゃない」

「なに言ってんだよ！」

万里の剣幕に、二三は笑いを引っ込めた。

「そんな店と一緒に紹介されたら、うちだけエライ見劣りするじゃないか。完全、引き立て役だよ。恥さらしだよ」

万里は悔しそうに唇を引き結んだ。

二三は驚いて、掛けるべき言葉を失った。

その夜、店が始まっても万里は明らかに様子がおかしかった。いつもなら康平や山手など、常連客と掛け合い漫才のように軽口の応酬が始まるのに、何か言われてもはかばかしい返事をしない。心ここにあらずで、別のことに気を取られているようだ。

「今日の昼間、テレビ局の人、来たんでしょ？　どうだった？」

康平が二三に尋ねた。

「良い感じだったわよ。丁寧に説明してくれて。あ、撮影は二十五日ですって。来てね」

「行く、行く。吉永レオと乾杯しなくちゃ。おじさんも来るよね？」

「そりゃまあ、日課だからな。しかし、どうせ乾杯するなら、俺は美女の方が良いな。ほれ、『女居酒屋天国』ってあるだろ？」

「あれは便乗番組だろ」

後藤が冷たく指摘したが、山手は気にも留めない。

「俺はあそこに出てくるイカ好きなおネエちゃん、好きだな」

「倉田《くらた》よし子？　俺は断然、藤波真央《ふじなみまお》」

二人は番組レポーターの美女談義で盛り上がった。

そんな時、必ず割り込んで一言突っ込んでいた万里が、今はあらぬ方を見て眉間《みけん》にシワを寄せている。

二三は気になって仕方ない。しかし、なんと言葉を掛けて良いものやら、見当が付かない。思わず一子の方を見ると、一子も気遣わしげに万里に向けていた視線を外し、二三を見た。

目と目を見交わし、二人は小さく頷き合った。


翌日、万里はバンの助手席に乗り込むと、開口一番二三に言った。

「ねえ、うちでもフォアグラ仕入れない？」

今日は築地場内に買出しに行く日である。万里は今では当然のように同行し、荷物持ちの傍ら魚や肉の知識を仕入れている。二三は一子と相談して、買出しの日は特別手当を支給することにした。

「フォアグラなんか、どうするの？」

「ソテーにしてさ、バルサミコ風味のソースで。コンソメで煮た大根を下に敷くと、美味いんだよ」

二三は溜息が出そうになった。

「だけどさ、そんなもの、うちのお客さんが注文すると思う？」

「するよ。康平さんは新しモン好きだし、山手のおじさんは康平さんの真似《まね》するし、女のお客さんはフレンチ好きだし」

「そりゃ、一度は注文してくれるわよ。でも、二度、三度は無理だと思うわ。フォアグラとなれば値も張るしね。それだけのお金出すなら、別のもの二品注文した方が良いと思うんじゃない？　それに、フォアグラ食べたいなら最初からフレンチの店へ行くんじゃないかしらね」

二三は言葉を選んで話したつもりだったが、真意は伝わらなかったようだ。万里は明らかに不機嫌になった。

築地場外の店を回り、焼き魚用と煮魚用の魚四種類、鶏肉・豚肉・調味料・お茶・ワカメ・白滝・利休《りきゅう》揚げなどを買い、約三十分ではじめ食堂に戻ってきた。

「お帰り。お疲れさん」

一子は既に二階から食堂に降りていた。

「お母さん、今日のホッケの開き、はじめ食堂史上一番デカいかも知れない」

「あらあ」

二三がトロ箱を開けると、一子は目を見張った。一枚がＢ４サイズの紙くらい大きい。

「これでいくら？」

「百六十円」

「おや、お買い得」

「丸福《まるふく》の旦那《だんな》は半身で十分って言ったけど、これを一枚ド～ンと出すのがはじめ食堂の心意気よ」

「明日の焼き魚は争奪戦だね」

万里は二人の会話にも加わらない。ただ黙々と買ってきた品物を荷ほどきし、冷蔵庫や冷凍庫に詰めている。

二三はホッケをバットに並べた。明日のランチ用なので、開店時間まで店で解凍させるのだ。

片付けが終わると、お菓子と漬け物をつまんで熱いほうじ茶を飲み、仕込みの始まる九時まで休憩する。これが買出しに行った日のお決まりコースだ。

「ねえ、おばちゃん、コンベクション買わない?」

万里が唐突に言い出した。

コンベクションとは内部にファンを備えたオーブンで、熱を対流させることにより、短時間で均一に焼き上げることが出来る。

「スチコンなら、焼く・蒸す・煮る、全部一台で出来るよ。蒸し器も、魚焼きグリルも要らなくなるから、厨房のスペースも広くなる。中古なら業務用でもそんなに高くないし、レンタルもあるし」

スチコンとはスチーム・コンベクションの略で、熱風と百度以上の水蒸気によって調理する。食材を焼くときに熱風と水蒸気の両方を使えば、水分の蒸発によって縮んだり、表面が固くなったりすることを防げる。

「オーブンなら、一応うちにもあるわよ」

はじめ食堂のオーブンは洋食屋時代の名残で、ガス台の下に設置されている。しかし今はメニューにグラタンもコキールもなく、ハンバーグはメンチに吸収され、ほとんど出番がない。図体がデカいので余熱に時間が掛かり、使い勝手が悪いのも敬遠される理由だ。

「コンベクションとは焼き上がりが違うよ。ローストチキンもローストビーフも、外はパリッとして、中はジューシーだって」

「だけど、うちのメニューにはローストチキンもローストビーフもないじゃない」

「だからダメなんだよ！」

万里の目は吊《つ》り上《あ》がって見えた。

「このままじゃ、ダメなんだよ。誰でも作れるような料理だけじゃ、家でも食べられるような料理だけじゃ、はじめ食堂の未来はないよ」

そう言われると、二三も内心忸怩《じくじ》たるものがあって、言い返せない。

一子の亡夫孝蔵《こうぞう》は、帝都《ていと》ホテルで副料理長まで務めた名料理人で、東京オリンピックの翌年に独立して開店したはじめ食堂は、下町の名店として食通にも愛されたと聞いている。孝蔵の急死によって、一子は洋食から家庭料理に衣替えし、息子の高《たかし》と二人三脚ではじめ食堂を続けた。店は存続したものの、中身は孝蔵が生きていた頃とはすっかり変ってしまったのだ。

二三はその衣替えしたはじめ食堂で一子と高に出会い、結婚して家族になった。今のはじめ食堂を愛し、誇りにしているが、昔日のはじめ食堂と比べられたら、勝ち目のないことは良く分っている。

「おばちゃん、今度の『居酒屋天国』では、和食の料理人やフレンチのシェフや蕎麦職人がやってる店と一緒に出るんだよ。このままじゃ、恥かくよ。日本中の視聴者にバカにされるよ。俺はそんなの、絶対にイヤだ」

万里の目にうっすら涙がにじむのを見て、二三は驚いて息を呑《の》んだ。

「もし、おばちゃんにその気がないなら、俺が買うよ。そんなら文句ないよね？」

二三が「万里君、ちょっと待って……」と口に出す前に、一子が穏やかな声で言った。

「万里君、どうもありがとう。そんなに親身になってこの店のことを考えてくれて、おばちゃん、嬉しくて胸がいっぱいだわ」

穏やかな口調と優しい微笑が、万里の張り詰めた気持ちにもほんの少し余裕をもたらしたらしい。強張《こわば》っていた表情がいくらか和らいだ。

「スチーム・コンベクションがどうしても必要なら、それはうちが準備します。だから、心配しなくて大丈夫よ」

そして、安心させるように頷いて見せた。

「それでね、せっかくの機会だから、今度の日曜日に壮行会をやりましょう。ランチタイムに、昼と夜の常連さんをお招きして、ね。皐《さつき》さんも、もし時間があったら来ていただきましょう」

突然、思いもよらぬことを言い出されて、二三は戸惑った。

「あのう、お姑さん、壮行会って？」

「うちに出張で料理人に来てもらって、みんなで美味しい物を食べるのよ」

二三は思わず厨房を振り返った。

「良いアイデアだと思わない？　プロの料理を間近で見れば作るときの参考になるし、そこで皆さんの意見を伺えば、きっとメニュー作りの役に立つわ」

一子は同意を求めるように二三を見た。

「私は大賛成。万里君、最近はズッと作る方だったたから、たまには食べる側に回るのも良いと思う」

一子と二三にじっと見つめられて、万里も渋々頷いた。

「それじゃ、これで決まりね」

一子は満面の笑みを浮かべた。その顔を見て、二三は一子には何か考えがあるのだと直感した。

十二月半ばの日曜日、昼下がりのはじめ食堂には梓・三原・康平・山手・後藤の常連客の他、料理研究家の菊川瑠美、万里の元同級生で六本木のショーパブで働くメイこと青木《あおき》皐《すすむ》も招かれていた。

そして、いつもは作る側のはじめ食堂の三人も、今日はテーブル席に座っている。

ガラス戸を通して、表に車の止まった気配がした。

三原が素早く立ち上がり、ガラス戸を開けた。

「こんにちは」

入ってきたのはコックコートを着た大柄な老人だった。

「ムッシュ!」

「涌井《わくい》さん!」

席に着いていた人たちは口々に叫んだ。その人は帝都ホテルの名誉総料理長、涌井直行《なおゆき》だった。世界的に名を知られた超一流の料理人であり、昭和四十年代にはテレビの料理番組に出演し、フランス料理の普及に努めた。それで全国的に顔と名前が知れ渡り、親しみを込めて「ムッシュ」と呼ばれるようになった。

実は、かつて帝都ホテルでは孝蔵の弟弟子でもあった。

「ようこそいらして下さいました。今日はよろしくお願いします」

一子と二三は席を立って出迎えた。

「なんで、うちにムッシュが来ちゃうわけ?」

要は目を泳がせ、万里の袖を引っ張った。

二三は涌井の横に立ち、コホンと咳払《せきばら》いした。

「皆さん、お待たせしました。本日の素晴しいランチを作って下さる方をご紹介いたします。……まあ、ご紹介するまでもありませんが、帝都ホテル名誉総料理長の、涌井直行シェフです」

「どうも、皆さん、本日はどうぞよろしく」

涌井は軽く頭を下げた。ステッキを突いているが、足取りはしっかりしている。一子より年上で、もう九十歳近いはずだが、とてもそんな年齢には見えない。

背後にはトロ箱を抱えた若い助手二人が従っていた。

「だいぶ老いぼれて、手の込んだ料理は難しくなりましたが、まだまだステーキの焼き加減は、後輩たちには負けません」

そして一歩下がり、横に並んだ助手たちを紹介した。

「今日は助っ人を連れてきました。我が職場の若手たちです。二〇二〇年のランドン杯出場を目指す優秀な人材です。どうぞ、ご期待下さい」

シャトーヌフ・ド・ランドン杯は、フランス料理の技を競う大会で、四年に一度開催されることからフランス料理のオリンピック、あるいはワールドカップと称される。

四十九年前、涌井はランドン杯に出場し、アジア人として初めて三位入賞した。洋食が日本に入ってきてまだ百年ほどしか経《た》っておらず、食材の種類も情報量も少なかった時代の話である。涌井の快挙にマスコミは沸き立ち、世間は喝采《かっさい》した。

「ムッシュ、お掛けになりませんか？」

三原が椅子《いす》を引き、涌井に勧めた。今日は珍しくツイードのジャケットを着て、ダンディな姿だ。

「ああ、ありがとう」

涌井はニッコリ微笑《ほほえ》んで腰を下ろした。

「本番に備えて体力を温存しておかないとね」

三原は普段は近所のご隠居さんのようなラフな格好ではじめ食堂にやって来るが、実はかつて帝都ホテルに勤務し、社長まで務めた人物だった。しかし十五年前、難病に冒された妻の介護のため、惜しまれつつ退職した。妻を看取《みと》った後は特別顧問として迎えられ、今も帝都ホテルのために尽力している。そんなわけで、三原にとって涌井は大先輩に当たるのだった。

「おい、何だか大変なことになったな」

山手が康平と後藤に囁《ささや》いた。

「俺、ムッシュの料理食べるの、人生二度目」

康平は夢ではないかとほっぺたをつねった。

「しかし、フランス料理って言うのは時間が掛かるんだろ？　ありがたいけど、俺は遠慮すれば良かった」

後藤は平気で罰当たりなことを口にした。

「万里君、せっかくだから、厨房に行って皆さんの仕事ぶりを見学させていただいたら？」

一子は突然現れた伝説のシェフを前に、茫然《ぼうぜん》としている万里に声をかけた。

「は、はい」

万里はバネ仕掛けの人形のように跳び上がった。

「皆さん、うちの若頭の赤目《あかめ》万里君。よろしくね」

厨房では助手たちが「ホタテのカルパッチョ」を作り始めた。料理に使う食材と皿は帝都ホテルからの持ち込みだ。貝柱を食べやすい厚さに削《そ》ぎ、ニンニクをこすりつけた皿に、花びらのような形にきれいに並べて行く。

盛り付けが終わると、涌井が厨房に入ってきた。助手のいやが上にも緊張した気配が、万里にもビリビリ伝わってきた。

涌井は塩の容器からひとつまみ塩を取った。パラパラとホタテに塩を振る。無造作に見えて、塩はホタテの上に均一に降ってゆく。

万里がチラリと目を上げると、涌井の表情は先ほどまでとは別人のように厳しくなっていた。そして助手たちは、涌井の一挙手一投足を息を詰めて見守っている。

塩の次は櫛形《くしがた》に切ったレモンを取り、汁を搾って掛ける。最後にオリーブオイルを回し掛けて出来上がり。

「はい、完成です。どうぞ、お召し上がり下さい」

テーブルに運ばれたカルパッチョを、一同は口に運んだ。山手と後藤は箸で、他の者は帝都ホテルのフォークで。

「……」

これ以上ないほど簡単な料理なのに、口に含んだ瞬間、誰もが言葉を失い、うっとりと目を閉じ、溜息を漏らした。

ほんのかすかなニンニクの風味、新鮮なホタテの甘さと旨味《うまみ》、それを引き出す塩加減の絶妙さ、レモンの爽《さわ》やかな香りと酸味、すべてをしっとりと包むオリーブオイルの力……口の中でその一つ一つが、際立ちながら混じり合い、ツルリと喉《のど》へ吸い込まれる。

「どうしてこんな味になるんだろう?」

万里はカルパッチョの皿を見下ろして呟《つぶや》いた。自分でもホタテのカルパッチョを作ったことはある。だが、涌井の作ったカルパッチョは、それとは完全に別物だった。三次元と四次元くらい違っている。万里にはそんな気がした。

一同がオードブルを食べ終わると、助手が空いた皿を下げた。

「お次はコンソメスープです。こちらは、時間と手間が掛かりますので、ホテルの厨房で作った物を持って参りました」

涌井の説明が終わると、スープの皿が運ばれてきた。

コンソメを一匙《ひとさじ》口に含み、山手は遠くを見る目になった。

「孝さんのコンソメ、こんな味だったなあ」

「本当。亭主のと同じ味だわ」

一子も大きく頷いた。

コンソメスープは牛のすね肉と野菜をたっぷりの水で煮て作る。途中で丁寧にアクを取りながら、決して沸騰させることなく、じっくり時間を掛けてエキスを煮だしてゆく。最後に卵の白身を使って微量のアクを取り除き、黄金色の澄んだスープが完成する頃には、十リットルあった水は一リットルに減っている。

これほど手間暇掛かる料理だが、スープではあまり高い値段が取れない。割に合わないので、コンソメスープをメニューに載せない店が増えている。しかし、その店の実力が表れるメニューでもあるのだ。

「孝蔵さんは独立してからも、帝都ホテルのレシピを忠実に守って、丁寧にコンソメを作っていたんですね。それが料理人としての矜持《きょうじ》に繋《つな》がったのだと思います」

涌井はしみじみと言った。

厨房では魚料理の調理に取りかかっていた。メニューは「伊勢《いせ》エビのテルミドール」。甲殻類の古典的な料理法である。簡単に言えば、半身に割った伊勢エビやオマール海老にベシャメルソースとチーズを振りかけて焼いたものだ。

一子は孝蔵のベシャメルソースの作り方を思い出していた。

それは独特で、小麦粉を焦がさないようにバターで炒めたら、冷ましてから少しずつ常温の牛乳を足して混ぜるのではなく、すぐ沸騰寸前まで温めた牛乳を投入し、攪拌《かくはん》する。そうするとダマも出来ず、短時間でソースが完成するのだ。

出来立てのベシャメルソースの味見をすると、一子はいつも、まだ見たことのないパリの街並が目に浮かんだものだ……。

助手の一人がソースを作っている間に、もう一人は隣のガス台でマッシュルームの千切りをバターで炒めた。

「これ、炒め終わったらベシャメルソースに入れるんだよ」

同い年くらいの助手は、万里が訊く前に教えてくれた。

大鍋には香味野菜を浮かべた湯が沸騰していた。そこに伊勢エビが放《ほう》り込まれる。茹ですぎると固くなるので、ほんの二、三分で引き上げられた。包丁で半分に割ると殻から身を剝《は》がし、味噌はホワイトソースと混ぜる。キッチンペーパーで掃除した殻にソースを敷き、海老の身を戻し入れ、ソースを掛ける。その上にグリュイエールチーズを振り、二百度で予熱しておいたオーブンに入れ、十五分ほどで完成だ。

「簡単だけど見た目がゴージャスだから、パーティー料理にピッタリだよ。食べる直前にオーブンに入れれば良いんで、前もって作っておくことも出来るし」

万里はテルミドールを「簡単」と言われたことにショックを受けた。それでは「複雑」なフランス料理とは、どれほどの工程が必要なのだろう?

テーブルに運ばれた豪華なひと皿を前に、一同は歓声を上げた。

「私、恥ずかしながらテルミドールって、食べるの初めてよ」

要がスマートフォンを取り出せば、皐も「私も」と続いた。

山手と後藤の分は、箸で食べられるように、あらかじめ身を一口サイズに切ってあった。

黄金色の一切れを恐る恐る口に運んだ二人は、同時にうめいた。

「……美味い」

伊勢エビと海老味噌入りベシャメルソースとチーズの合体が、不味《まず》いわけはない。

「テルミドールと言えば、フランス料理の王道を行く料理だよ」

康平が山手と後藤に、知ったかぶりで解説した。

「なるほど。早い話が、伊勢エビのグラタンだな」

後藤は納得したように答えた。

「伊勢エビのテルミドールは、孝蔵さんの得意料理でした」

涌井が一子に言った。

「はじめ食堂の開店当初、夜のメニューにも載せてましたよ。でも、誰も注文してくれなくて」

一子は当時を思い出して微笑んだ。

「美味しいわ。でも、ワインが欲しくなっちゃう」

「本当。ミュスカデなんか、合いそう」

梓と瑠美はそう言って頷き合った。

「これからステーキの準備に入ります」

涌井がおもむろに立ち上がった。

「万里君、見にいらっしゃい」

「はい」

万里はテルミドールを三分の一残したまま、涌井の後について厨房に入った。

調理台のバットには、人数分のステーキ肉が並んでいた。

「調理する三十分前には冷蔵庫から出して、常温に戻します」

涌井は万里に言って、塩の容器の蓋《ふた》を取った。二人の助手も、じっと涌井の動きを見守っている。

「私は不器用でね。何でも人の倍練習しないと、上手《うま》く出来なかった。塩の振り方もずいぶん練習しましたよ。だから、今でも塩振りは自信があるんです」

涌井は塩をひとつまみ取ると、肉の上からパラパラと振った。それを丁寧に、何度も繰り返す。塩は均等に肉の上に降りた。

胡椒《こしょう》は粒胡椒をミルで挽《ひ》きながら、振りかけた。

フライパンに牛脂を入れて火に掛け、煙が立つほど熱くなってから、涌井は塩胡椒した面を下に、肉を置いた。ジュッと大きな音がした。もう一度肉に塩胡椒を振り、裏返した。きれいな焼き色の付いた面が表になった。その間一分ほどだったろうか。それから二分ほどで火を止め、ステーキは焼き上がった。

ステーキの皿には助手の作った人参のグラッセとブロッコリーが添えられ、彩りも美しい。

「いやあ、やっぱり洋食の王者はビフテキだな」

ステーキを目の前に、山手の鼻息は荒くなった。後藤の鼻の穴も膨らんでいる。

「おじさんたちの世代は、ビフテキって言うだけで興奮するよね。俺なんか牛肉自由化世代だから、別に……」

減らず口を叩《たた》いていた康平だが、一切れ口に含んだ途端、陶然として声も出ない有様となった。

「何かもう、とろける……」

要が溜息と共に、感に堪えたような声を漏らした。

確かに特A5ランクの最高肉は、網の目のようにサシが入り、口に入れた瞬間に溶けてしまいそうだった。塩胡椒だけでこれほど美味いのは、肉自体が上等だからだろうか。

しかし、上等な肉をより美味しくしているのは、涌井の絶妙な塩加減と火の通し加減だった。塩で肉の旨味《うまみ》を引き出し、熱で肉を軟らかくしてタンパク質の合成を促す。火を通したタンパク質が最も旨味を発揮する、その瞬間を知る人の技だった。

「ムッシュ、さすがです。鍛えた技の冴《さ》えは健在です。少しも衰えていません」

三原は感動の面持ちだった。

「相変わらず、年寄りをその気にさせるのが上手いね」

涌井は楽しそうにからからと笑った。

「三原君の人たらしぶりも健在だな。隠居するのは早すぎる。もう一踏ん張り、帝都のために頑張ってくれたまえよ」

三原は面映《おもは》ゆそうに身じろぎした。

美味しい料理は人を幸せにする。今やはじめ食堂に集った人々は、半分夢見心地だった。

幸せいっぱい胸いっぱいと言うが、ついでにお腹《なか》もいっぱいなのだった。

涌井は一同の顔を見て満足そうに微笑み、助手に合図を送った。

「デザートです」

用意されたデザートは、さっぱりした柚《ゆず》のシャーベットに旬のラ・フランスをあしらい、生クリームで飾ったシンプルなひと品だった。それが脂《あぶら》の乗ったステーキを食べた後には、まことに爽やかで、ひときわ美味しく感じられた。

助手たちがドリップで淹《い》れたコーヒーを各テーブルに配った。

「皆さん、今日はどうもありがとうございました」

デザートを食べ終わると、一子と二三は立ち上がり、涌井と助手たちに向って深々と頭を下げた。

他の人たちも立ち上がり、二人に倣《なら》って感謝の意を表した。

「いいえ、私こそ久々に腕を振るう機会を得て、寿命が延びたような気がしますよ」

厨房では助手たちが後片付けをはじめているが、涌井はゆったりとテーブル席に座り、懐かしそうに店を見回した。

「昔と変りませんね。懐かしいなあ」

「いいえ、涌井さんに来ていただいた頃とは、すっかり変ってしまいましたよ。今は洋食屋でもありませんし」

一子が言うと、涌井は首を振った。

「そんなことはありません。店の形式は変っても、孝蔵さんが大事にしていた店の心は、今でもちゃんと残っています。もてなす心と居心地の良さ……私が常に目指しているものです」

涌井はカウンターに目を向けた。

「初めてこちらに伺ったときは、カウンターに座ったんでした」

それは涌井がランドン杯で三位入賞し、マスコミの注目を浴びて忙しい最中のことだった。

「メンチカツとオムライス、美味しかったなあ。確かお客さんのご希望で、チキンライスの上にオムレツを載せた……」

「ええ。あちらさんのリクエストではじめたんです。それからはうちの看板メニューになりました」

一子がチラリと山手を見た。山手は得意そうに胸を反らしている。

「下町の洋食屋ですから、お客さんのご要望があれば何でも作りましたね。お醤油風味のカルパッチョとか、揚げ物におろしポン酢とか、日本酒に合うお魚の蒸し物とか……」

「私はそれをとてもうらやましく思いましたよ。店というのは、料理人とサービス係の力だけではない、お客さんの心が寄り添って初めて完成するのだと、身に沁《し》みました」

そのとき、厨房から二人の助手が出てきた。

「ムッシュ、後片付け、終了いたしました」

「ああ、ご苦労さん」

店の表に車の止まる音がして、涌井はゆっくりと立ち上がった。

「それじゃ、私たちはそろそろ失礼します」

「涌井さん、皆さん、ご馳走《ちそう》様でした。本当にありがとうございました」

はじめ食堂に集った人たちは一斉に起立し、感謝を込めて最敬礼した。

涌井たちは迎えの車に乗り、風のように去って行った。食堂も厨房もキチンと片付いていて、帝都ホテルの料理人たちの痕跡《こんせき》は何一つ残っていない。満腹感と満足感が残っていなかったら、今までのことは夢か幻と思うほどだ。

「ああ、私、何とかこの世紀のハプニングを読み物にしたいわ」

要は感動のあまり震えを帯びた声で言った。

その横で、万里はすっかり元気をなくして肩を落としている。

「万里、どうしたのよ？」

皐の問いかけに、暗い顔で首を振った。

「やっぱり、ダメだ、俺なんか。プロは修業と経験が違う。素人がいくら頑張ったって、比べものにならないや」

事情を知らない皐はわけが分らない。

「ねえ、万里君。亭主が亡くなったとき、涌井さんはコックを貸すって言ってくれたわ。そうすれば洋食屋は続けられたでしょう。でも、あたしは断って、息子と家庭料理の店をやることにした。そのとき孝蔵の下にいた弟子は、独立した元のお弟子さんたちが引き受けてくれたから、後顧の憂いなくね。何故だと思う？」

万里は力なく首を振った。

「孝蔵の味は孝蔵一代だからね。もし洋食屋を続けていたら、孝蔵の料理を覚えているお客さんに『はじめ食堂は味が落ちた』と思われる。それがいやだったの」

一子はいくらか寂しげに微笑んだ。

「家でも食べられるような料理を出すことに、不安がなかったわけじゃない。確かに、誰でも作れるような料理だし。でも、だから家で寛《くつろ》いでいるみたいで良いって言ってくれるお客さんもいるのよ。世の中、色々よねえ」

万里はハッとして顔を上げた。

「死んだ亭主がいつも言ってた。料理に正解はないって。あたしもそうだと思う。家と同じような料理が出るからイヤだって言うお客さんもあれば、家と同じような料理だから良いって言ってくれるお客さんもいる。どっちも間違いじゃないわ。好きな方を選べばそれで良いのよ」

「私、はじめ食堂の料理、大好きよ」

　皐が迷いのない口調できっぱり言った。

「お祖母ちゃんが作ってくれた料理と似てるんだもん」

　二三も心の中で思った。いっぺんではじめ食堂が好きになったのは、一子が作ってくれた白和えが、亡くなった母が作ってくれた白和えと同じ味がしたからだ。

「私、青山の『JUJU』には何度か行ったけど……」

　いくらか事情を知っている瑠美が口を開いた。

「オーナーがフレンチの修業をした人だから、つまみもフレンチが出てくるのね。どれも美味しかったわ。でも、あくまでも飲み屋であって、食事をする店ではないの。オーナーがレストランやビストロじゃなくて洋風居酒屋にしたのは、気分良く飲める店を目指してるからで、料理の完成度を目指してるんじゃないと思うのよ」

　二三が後を続けた。

「私は行ったことないけど、浅草の店も新宿の店も、結局は菊川先生の仰《おつしや》るとおり、居酒屋なんだと思うわ。本気で和食やお蕎麦で勝負する気なら、割烹《かつぽう》や蕎麦屋を開くはずだもの」

「俺は万里が作る卵料理は、全部好きだけどな」

山手が言うと、後藤が後に続いた。

「俺も好きだな。出来るの早いし」

ランチの常連の梓と三原も言った。

「私、お宅のランチで一日の栄養賄ってるようなもんよ。近所にはじめ食堂があって大助かりだわ」

「まったくです。ここのランチがなかったら確実に栄養失調になってますよ。ほとんど毎日、朝はコーヒー、夜はザル蕎麦ですから」

康平がポンと万里の肩を叩いた。

「お前、人気者じゃん」

万里はグスンと洟《はな》をすすって、頭を下げた。

「皆さん、心配掛けてすみませんでした。ありあとっす」

十二月二十五日、午後六時少し前、吉永レオははじめ食堂に入ってきた。

「こんばんは。お邪魔します」

背後から手持ちカメラを抱えたカメラマンが続く。初めて来たような顔をしているが、実は二回もリハーサルをしているのだ。

「いらっしゃいませ」

「どうぞ、お好きなお席へ」

吉永は自然な演技で店内を見回した。

「へえ、珍しいですね。テーブルに赤白チェックのクロスが掛かっているところが、洋食屋さん風と言いますか、レトロな雰囲気です」

吉永は空席を見付けたような演技でカウンターに近づいた。

「では、ちょっと失礼します」

吉永の座る席は既に決まっていて、ライトがセットされていた。傍らには康平・山手・後藤のトリオが、見ない振りをしながらもチラチラ横目で眺めている。

二三がおしぼりを出し、メニューを渡した。

「ええと……へえ、日本酒の品揃えが充実してますねえ。何にしようかなあ……磯自慢《いそじまん》、お願いします」

お通しは白滝とタラコの炒《い》り煮。花岡《はなおか》商店の極上白滝が美味い、自慢の一品である。

「あ、歯応《はごた》えが良いですね。スーパーの白滝と全然違う」

ひと箸つまんだ吉永は、良いリアクションを見せた。

日本酒が来ると、盃《さかずき》を手に三人トリオに笑顔を見せる。

「それではご挨拶《あいさつ》代りに、乾杯、お願いします」

乾杯の声があちこちで続き、店の雰囲気は一気に盛り上がった。

二三は吉永のカウンターに中華風冷や奴を置き、厨房に戻って湯気の立つモツ煮込みを小鉢によそった。

隣では一子がハスの挟み揚げを揚げている。

万里は注文の中華風オムレツに取りかかっている。

何と言うこともなく三人の目が合った。

「かんぱ〜い！」

店に景気の良いかけ声が響いた。

二三も、一子も、万里も笑顔になった。

「来年も良い年になりますように」

二三は胸の中でそっと唱えた。

食堂のおばちゃんのワンポイントアドバイス

『愛は味噌汁　食堂のおばちゃん3』を読んで下さった皆さま、作中に登場する料理を実際に作ってみたいと思いませんか？　失敗したらどうしようって？　大丈夫。このワンポイントアドバイスを参考にして下されば、ちゃんと同じものが作れます。

食材の量はあくまでも目安です。みなさんの胃袋に合わせて加減して下さい。そして一度レシピ通りに作ったら、今度はお好みに合わせて自分流のアレンジで楽しんで下さい。

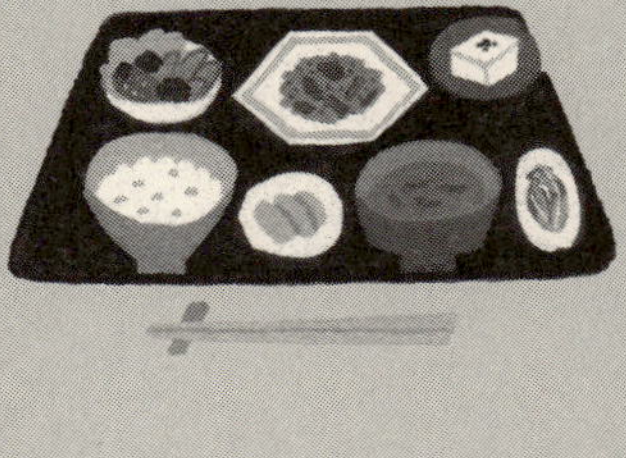

①ゴーヤチャンプルー

〈材　料〉４人分

ゴーヤ２本　木綿豆腐２丁　豚コマ２００g　卵４個

花カツオ　塩　コショウ　醤油《しょうゆ》　酒　砂糖（お好みで）　サラダ油　各適量

〈作　り　方〉

●木綿豆腐の水切り（豆腐を平らな面に載せ、上に皿などの重しを置く）をする。水切り後、好みの大きさの賽《さい》の目に切り分ける。

●ゴーヤを縦二つに切り、種を除き、５ミリくらいの厚さに切りそろえる。熱湯に塩少々を加え、ゴーヤを入れて沸騰したらザルに上げて水を切る。

●中華鍋にサラダ油を入れて熱し、豚コマを炒《いた》める。酒を振り、塩・コショウしてから豆腐とゴーヤを入れて炒め合わせる。豆腐に火が通ったら醤油で味を調える。好みで少し砂糖を加えても良い。溶き卵を回し掛け、好みの固さになるまで炒めて火を止める。

●皿に盛り付け、花カツオを載せて出来上がり。

〈ワンポイントアドバイス〉

☆「酒」というのは日本酒のことです。

②オムレツ和・洋・中

〈材　料〉各４人分

○和　風　卵８個　鶏挽肉《とりひきにく》４００g　タマネギ１個
　酒　塩　砂糖　醤油　おろし生姜《しょうが》　各適量

○洋　風　卵８個　タマネギ小さめ４個　牛乳と粉チーズ適量
　塩　コショウ　オリーブ油　バター　各適量

○中華風　卵８個　長ネギ２本　小エビ２００g　生姜１片
　塩　コショウ　中華スープの素　サラダ油　片栗粉　ゴマ油　各適量

〈作　り　方〉

○和風

●タマネギを粗みじんに切る。

●厚手の鍋に水を入れ、鶏挽肉とタマネギの粗みじんを入れて火に掛ける。途中、菜箸《さいばし》で挽肉を攪拌《かくはん》して塊を作らないように。酒を加え、沸騰したらアクを取る。

●砂糖を入れ、塩を少し加え、おろし生姜も入れて香りを付ける。最後に醤油で味を調える。

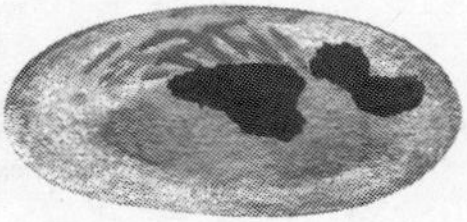

●鍋に溶き卵を加え、好みの固さになったら火を止める。

〈ワンポイントアドバイス〉

☆お好みで塩を使わず、醤油だけで塩辛さを出してもＯＫです。

○洋風

●タマネギを粗みじんに切る。フライパンにオリーブ油を引いてタマネギがしんなりするまで炒め、塩・コショウする。嵩《かさ》が三分の二以下になるのを目安にして下さい。

●卵を割って溶きほぐし、牛乳と塩・コショウを加えてかき混ぜ、炒めたタマネギを入れたら、粉チーズをたっぷり振る。

●鍋にオリーブ油を引き、バターをたっぷりめに入れ、溶け始めたらタマネギと粉チーズ入りの卵液を流し込み、ゆっくり炒める。

●1人分ずつオムレツに成形しても良いし、一度に全部炒めてスクランブルエッグにしても良い。

○中華風

●長ネギを縦半分に切り、斜めに細く切る。

●生姜をみじん切りにする。
●エビに塩と片栗粉をまぶし、揉《も》んでから流水で洗い流す。こうするとエビ（特に冷凍）の臭みが取れる。
●鍋にサラダ油を引き、生姜を入れて香りが立ったらエビと長ネギを炒め、塩・コショウする。
●ボウルに卵を割り、中華スープの素を入れて攪拌し、ゴマ油を垂らす。
●鍋にサラダ油を引き、卵液と具材を入れて炒める。無理に成形しなくても、スクランブルでＯＫ。

〈ワンポイントアドバイス〉
☆長ネギは輪切りでも千切りでも良いですよ。
☆中華スープに生姜の絞り汁を垂らし、片栗粉でとろみを付けて餡《あん》を作り、オムレツに掛ければ、甘くない〝天津丼の上の部分〟になります。

③冷や汁

〈材　料〉４人分

アジの干物大2枚（小4枚）　キュウリ2本　茗荷《みょうが》4本　大葉20枚以上
煎《い》りゴマ　出汁《だし》と味噌《みそ》　各適量

〈作り方〉

●味噌汁を作って冷ましておく。
●アジを焼いてほぐし、骨と皮を取り除く。
●すり鉢で煎りゴマをする。後にほぐしたアジも加えてする。
●キュウリと茗荷を薄切りに、大葉は千切りにする。
●味噌汁をすり鉢に注ぎ、ゴマとアジを溶かしながら混ぜる。
●そこにキュウリ・茗荷・大葉を加えて出来上がり。

〈ワンポイントアドバイス〉

☆洗ったご飯、もしくは茹《ゆ》でて洗った素麵《そうめん》の上に冷や汁を掛け、お茶漬けのようにズズズッとかき込みましょう。

④鯛茶漬け

〈材　料〉４人分

鯛の刺身４人分　煎りゴマ　醤油　酒　砂糖　各適量
三つ葉　刻み海苔《のり》　ワサビ　各適量　すまし汁　ご飯

〈作　り　方〉

●すまし汁を作る。だしの素をお湯で溶けばＯＫです。
●鍋に酒を入れて火に掛け、アルコールを飛ばしてから醤油を注ぎ、砂糖を少し入れ、〝マイルドな醤油ダレ〟を作る。
●すり鉢で煎りゴマを良くすり、醤油ダレと合わせる。
●鯛の刺身をたっぷりのゴマ醤油ダレで和《あ》える（Ａ）。
●丼にご飯を盛り、別皿にＡを盛る。三つ葉と刻み海苔、ワサビも別皿に盛っておく。
●まずは熱いご飯でＡを食べ、次にご飯にＡを載せ、三つ葉・海苔・ワサビを適当にトッピングしたら熱いすまし汁を掛けてお茶漬けにする。

〈ワンポイントアドバイス〉

☆すまし汁の代りに熱いお茶でも勿論《もちろん》ＯＫです。

☆すまし汁の代りに溶き卵を掛けると〝宇和島の鯛飯〟になります。

⑤GBS（ガーリック・バター・しょうゆ）ポテト

〈材　料〉４人分

ジャガイモ大６個（小８個）　厚切りベーコン４００ｇ　ニンニク半株

塩　コショウ　酒　醤油　バター　サラダ油　各適量

〈作　り　方〉

●ジャガイモを大きめの賽の目に切り、固茹でにする。水から入れて沸騰したら３分くらいが目安ですが、これもお好みで。

●ベーコンを小指くらいの太さの拍子木に切る。

●ニンニクをみじん切りにする。

●鍋にサラダ油を引き、ニンニクを入れ、香りが立ったらベーコンとジャガイモを入れて炒め、酒を振り、塩・コショウする。

●材料に火が通ったらバターを入れ、醤油で味を調える。

〈ワンポイントアドバイス〉

☆ベーコンは絶対に厚切りをお勧めします！

⑥砂肝のゴマ酢和え

〈材　料〉４人分

砂肝（皮なし）４００g　長ネギ２本　生姜１片

酒　醤油　酢　ゴマ油　各適量

〈作　り　方〉

●皮なしの砂肝がなかったら、皮の部分を包丁で切り取りましょう。

●鍋に湯を沸かし、酒を加え、沸騰している中に砂肝を投入する。

●もう一度沸騰したら蓋をして火を止め、５分置く。

●長ネギと生姜をみじん切りにする（A）。

●ボウルに醤油とゴマ油を入れて混ぜ、酢を少し加えて味加減をしてからAと茹でた砂肝を入れ、よく和えて出来上がり。

〈ワンポイントアドバイス〉

☆醤油と酢の味加減に自信が持てなかったら、代りに市販のポン酢やゆずポンを使ってもOKですよ。

⑦スープ春雨

〈材　料〉４人分

春雨４人分　鶏モモ肉４００g　鶏ガラ1羽分　生姜1片　長ネギ1本
香菜《シャンツァイ》1袋　モヤシ　ニラ　人参　キャベツ　塩　コショウ　酒　各適量

〈作り方〉

●鍋に水を入れ、鶏ガラを煮て出汁を取る。アクをすくってね。
●蒸し鶏を作るのは面倒なので、出来上がった鶏ガラスープを少し鍋に取り、生姜と塩・コショウを多めに加え、鶏モモ肉を塊のまま入れて煮る。こうすると生姜風味の味付け茹で鶏が出来上がり。
●鶏を取り出したら、同じ鍋にざく切りのキャベツ・薄切り人参・モヤシ・ニラを入れてさっと煮る。
●鶏肉と野菜の旨味《うまみ》のしみ出たスープは捨てずに元の鍋に戻す。
●その上で味を見て、酒、塩・コショウを加えてスープを仕上げる。
●春雨を戻す。戻し方は袋に書いてあるが、熱湯で2分茹でるのがおよその目安。

●長ネギを千切りにして水に晒《さら》し、白髪《しらが》ネギを作る。
●丼にスープを注ぎ、戻した春雨を入れたら、野菜類とスライスした鶏肉、白髪ネギを盛り付け、最後に香菜をトッピングする。

〈ワンポイントアドバイス〉
☆スープは中華スープの素を使ってもＯＫです。中華スープとコンソメスープを合わせてダブルスープにするとコクが出ますよ。

⑧牡蠣《かき》豆腐

〈材　料〉４人分

牡蠣４００g　豆腐（木綿でも絹でもＯＫ）２丁

春菊２袋　長ネギ１本　生姜（お好みで）片栗粉　酒　和風の出し汁　各適量

〈作り方〉

●和風の出し汁を作る。だしの素と醤油・酒を合わせる。又はインスタントでもＯＫ。ただし酒を入れる。

●牡蠣をよく洗い、片栗粉をまぶす。豆腐は１丁を６等分して片栗粉をまぶす。春菊は洗って食べやすい長さに切る。

●長ネギを千切りにして水に晒《さら》し、白髪ネギを作る。

●好みで生姜も千切りにしておく。

●出し汁が沸騰したら豆腐と春菊を入れ、火が通ったら牡蠣を入れる。牡蠣はあまり火を通しすぎると固くなるので注意。

●器に牡蠣・豆腐・春菊を盛り付け、白髪ネギをトッピング。お好きな方は千切り生姜もどうぞ。

〈ワンポイントアドバイス〉
☆簡単で美味《おい》しくて高級感溢《あふ》れる一品。牡蠣好きはお試し下さい。

⑨モツ煮込み

〈材　料〉４人分

牛モツ１kg　ゴボウ　人参　大根　各１本　コンニャク１枚
酒たっぷり　味噌　砂糖　醤油　各適量　長ネギ１本
七味唐辛子　生姜　柚胡椒《こしょう》（それぞれお好みで）

〈作　り　方〉

●牛モツをざっと洗って鍋に入れ、水から煮る。沸騰したら２分ほどで火を止め、煮汁を捨てて新しく水を注ぎ、再び火に掛ける。この作業を２～３回繰り返し、モツの臭みを抜いて柔らかくする。
●鍋に水と酒をたっぷり入れ、モツを入れて火に掛ける。
●長ネギを薄い輪切りにする。
●ゴボウは斜め薄切り、大根と人参はイチョウ切り、コンニャクはスプーンでウズラの卵くらいの大きさにこそげる（Ａ）。
●Ａを鍋に投入し、火が通ったら砂糖少々と味噌を加え、最後に醤油も少し加えて味を調える。

●器に盛って長ネギを散らす。
●七味唐辛子や生姜をお好みで。柚胡椒も合います。

〈ワンポイントアドバイス〉
☆牛モツ1kgと聞いて腰を抜かさないように。茹でこぼすうちに、余分な脂肪が抜けて、どんどん量が少なくなって行きます。最後は4人で1kgなんてペロリですよ。
☆時間はかかりますが、手間はかかりません。是非一度お試しを。

⑩煮麺《にゅうめん》

〈材　料〉４人分

素麺《そうめん》６束　卵４個　ホウレン草１束　カマボコ１本　和風の出し汁

〈作り方〉

●和風の出し汁を作る。だしの素と醤油・酒を合わせる。

●ホウレン草は茹でて食べやすい長さに切っておく。

●カマボコも適当な厚さに切っておく。

●卵は茹で卵を作っても、出し汁に入れて落とし卵にしても、お好きな方で結構です。

●素麺を茹でてザルに上げ、そのまま水で洗わずに器に盛る。

●出し汁を器に注ぎ、具材を盛り付ける。

〈ワンポイントアドバイス〉

☆トッピングの具材には他にも焼き海苔、椎茸《しいたけ》の煮物、卵焼き、三つ葉など、色々取り合わせて下さい。

☆冷や素麺も美味しいですが、寒い冬の煮麺も乙な味です。うどんや蕎麦《そば》とはひと味違う食感を、ご家庭でお楽しみ下さい。

如何《いかが》でしたか？　食堂のおばちゃんのワンポイントアドバイス。

ここで紹介した料理以外にも本書には色々な料理が登場します。どれも簡単で美味しくてお金のかからない料理ばかりです。

せっかくの機会ですから、ご家庭で作ってみて下さい。

失敗しても大丈夫。お店なら大問題ですが、家庭ならご愛敬、笑い話のネタになってくれます。料理って、大切なコミュニケーション・ツールでもあるんですよ。

それでは皆さま、ご愛読ありがとうございました。またお目に掛かりましょう。

Haruki Bunko
ハルキ文庫

や 11-4

愛《あい》は味《み》噌《そ》汁《しる》 食堂《しょくどう》のおばちゃん❸

著者 山口《やまぐち》恵《え》以《い》子《こ》

2018年1月18日第一刷発行
2020年9月28日第九刷発行

発行者 角川春樹

発行所 株式会社角川春樹事務所
〒102-0074 東京都千代田区九段南2-1-30 イタリア文化会館

電話 03(3263)5247(編集)
03(3263)5881(営業)

印刷・製本 中央精版印刷株式会社

フォーマット・デザイン 芦澤泰偉
表紙イラストレーション 門坂 流

ISBN978-4-7584-4143-8 C0193 ©2018 Eiko Yamaguchi Printed in Japan
http://www.kadokawaharuki.co.jp/ [営業]
fanmail@kadokawaharuki.co.jp [編集] ご意見・ご感想をお寄せください。